Olivier Adam

La messe anniversaire

Médium
l'école des loisirs
11, rue de Sèvres, Paris 6e

Du même auteur à *l'école des loisirs*

Dans la collection MÉDIUM

On ira voir la mer

Loi n° 49.956 du 16 juillet 1949 sur les publications destinées à la jeunesse : septembre 2003
Dépôt légal : octobre 2004
Imprimé en France par Bussière à Saint-Amand-Montrond
N° d'édit. : 6632. N° d'impr. : 044093/1.

Pour Karine,
À Jean-Christophe

TITOU

Dans la salle d'attente, ça sentait l'Ajax. Par endroits le carrelage était encore humide et la secrétaire se faisait les ongles. Mes yeux filaient sur le papier glacé d'un magazine, incapables de s'attacher à rien. Ma jambe tremblait et j'étais infoutu de la contrôler.

Je respirais profondément l'air médicalisé. Les couleurs ternes, les sièges en plastique marron, les revues déchirées, en tas sur la table basse, tout me déprimait. J'avais vraiment envie de me barrer. J'ai pensé à ma mère qui m'avait envoyé là. À la secrétaire, qui la connaissait bien.

J'étais sous surveillance. Pris au piège.

Par les vitres, on voyait la rue. Il avait plu et l'humidité rendait ça gris et brillant. Les tilleuls aux feuilles pesantes et vert bouteille. Les deux bandes de terre au gazon rare, boueuses et jonchées de flaques. Le ruban de bitume au milieu, où passait Silvain, penché sur sa Mobylette.

Son pot était trafiqué et ça faisait un boucan pas croyable. Chaque fois qu'il passait devant notre maison, mon père gueulait.

En le suivant des yeux, j'ai pensé sans douleur particulière que Silvain avait été mon ami et que tout ça était bien loin aujourd'hui. Les heures passées ensemble, à jouer au foot, à s'égratigner les genoux, les secrets qu'on se racontait assis sur les barrières (à un moment j'étais amoureux de sa cousine, j'essayais de lui soutirer des infos). Les magazines qu'on s'échangeait, le court de tennis improvisé dans la rue, limites tracées tremblantes à la craie. Les bagnoles en plastique qu'on faisait rouler dans les herbes, les billes qu'on envoyait valser d'un coup de pouce. Sa maison de campagne que je n'avais jamais vue mais qui m'impressionnait – qu'on puisse posséder une maison de campagne, même au fin fond de la Creuse, m'impressionnait –, et puis aussi je me disais que ce devait être le rêve, autre chose que le camping et les après-midi serrés dans la caravane ou sous l'auvent humide les jours de pluie. Les poissons-chats qui nous faisaient flipper, qu'on mettait des heures à décrocher de l'hameçon et qu'on rejetait dans l'eau dégueulasse de la Seine. Son abruti de chien qui aboyait pour un rien, montrait les dents, bavait tout ce qu'il pouvait. Son père qui me faisait peur, passait son temps dans le petit jardin à retourner de la terre, et jamais le moindre brin d'herbe n'a poussé sur ce foutu terrain. Sa maison ceinte de murs en ciment gris et couronnés de tessons. Les grilles noires du portail, pointues et aiguisées comme des aiguilles géantes.

Je me demande bien ce qu'il pouvait craindre à ce point, le père de Silvain.

Ce que je sais, moi, c'est qu'avec tout cet aménagement militaire, c'est chez lui que j'avais peur.

Je ne sais pas comment, entre lui et moi, les choses se sont dégradées. Je crois seulement qu'en grandissant j'ai moins souvent ressenti le besoin d'aller sonner chez lui.

Je crois qu'en grandissant on s'ennuie un peu moins.

Peu à peu nos rencontres se sont espacées et je me suis aperçu que ça ne me manquait pas le moins du monde.

Aujourd'hui, lorsque nous nous croisons, nous ne nous saluons même pas, comme de vieux ennemis, alors que jamais nous ne nous sommes disputés. Nous avons juste grandi.

Une femme est entrée. C'était la mère de Caroline. Elle a salué la secrétaire et s'est installée à l'autre bout de la salle d'attente. Elle avait toujours cet air fatigué, vieilli. Elle m'a fixé et j'ai fait mine de me replonger dans ce vieux magazine. J'essayais de garder les yeux baissés. Je n'osais pas la regarder.

Sa fille était morte.

Caroline était morte. Ça m'avait fait un mal de chien, ça m'avait flingué pour de bon.

Caroline était morte. C'était un accident. La faute à personne ou à pas de chance. Juste un mauvais coup du sort, un hasard dégueulasse, un désastre.

Sa mère le savait mais quand même, moi comme les autres, tous ceux qui étaient présents ce soir-là, lorsqu'elle nous croisait, elle nous fixait bizarrement, dure et comme hagarde. Comme prise d'une sourde colère, d'une rage muette.

On aurait dit qu'elle nous accusait de quelque chose.

Caroline est morte. Ça fait un an jour pour jour.

Je me souviens des hurlements quand elle a basculé. Elle tournait le dos au vide, assise sur la grille du balcon. Elle se balançait doucement, sur la musique, d'avant en arrière. Il y avait, qui provenaient du salon, le murmure des conversations, le bruissement des rires et le tintement des verres entrechoqués. Elle est tombée.

Sept étages, comme ça à flotter dans l'air, à chuter à toute allure.

Sept étages pour voir sa vie défiler et se retrouver démantibulée sur le béton.

Le bruit que ça a fait, l'impact de son corps sur le sol, je ne l'oublierai jamais.

Caroline et moi, on se connaissait depuis le primaire. Le CE1 pour être précis. J'avais même été amoureux d'elle, si ça veut dire quelque chose à huit ans.

À huit ans j'étais tout le temps amoureux et l'objet de mes émois changeait d'une semaine à l'autre. Je me rappelle même avoir pensé être amoureux de quatre ou cinq filles à la fois.

À un moment ce fut elle. Ce moment dura plutôt plus longtemps que les autres.

Je passais un temps fou à contempler son visage sur la photo de classe que j'avais cachée sous mon lit. En pleine nuit je rallumais la lumière, ma main cherchait sur le sol, j'attrapais la photo rectangulaire, je la regardais longuement et parmi les quelque trente visages qui la peuplaient, je ne voyais qu'elle. Je posais doucement mes lèvres sur ses cheveux. Je murmurais des «je t'aime» inaudibles. Je me souviens très bien de ça.

Et aussi du temps que je passais avec elle, après la cantine. Il arrivait même qu'avec ses copines on joue à l'élastique ou la marelle. Tous les garçons se foutaient de ma gueule. Et lorsque nous parlions sous le préau, nos visages se touchaient presque et les autres nous couraient autour en gueulant «hou les amoureux».

À l'automne, ils nous jetaient des marrons.

Je me souviens aussi de ce jour, c'était pendant l'étude où je restais le soir, attendant que ma mère vienne me chercher après le travail tandis que d'autres rentraient chez eux, j'avais glissé dans sa case une feuille pliée en deux. En lettres capitales, au feutre bleu, j'avais écrit: «Caroline, je t'aime. Signé Antoine.» Le lendemain matin, j'ai retenu mon souffle. J'étais dans la cour avec des copains et je n'écoutais pas ce qu'ils me disaient. Mon cœur battait à toute vitesse et je guettais sa silhouette à la porte de l'école. Ce jour-là elle n'est pas venue en classe. Elle était malade. J'étais à la fois déçu et rassuré.

Le soir, après les cours, sa mère est venue. Elle m'a dit bonjour Antoine, j'ai répondu bonjour madame, mon cœur battait à tout rompre, comme si c'était Caroline elle-même qui se tenait devant moi.

Pendant un moment, elle a discuté avec la maîtresse. J'ai tendu l'oreille, mais je n'ai pas réussi à savoir si l'absence de Caroline allait se prolonger.

À un moment, la maîtresse a regardé dans ma direction, a croisé mon regard qui la fixait, m'a demandé si je voulais quelque chose. J'ai répondu que non et je me suis replongé dans mes cahiers.

Du coin de l'œil, je continuais à les observer. Et quand elles ont fouillé dans son bureau pour prendre le cahier d'exercices et celui de dictée, afin qu'elle puisse rattraper les leçons du jour, mon cœur s'est mis à sauter dans ma poitrine, mes tempes à battre et s'échauffer. Bien sûr, ça n'a pas raté, la maîtresse a trouvé la feuille, l'a dépliée. La maman de Caroline a lu ce qui était écrit et a éclaté d'un beau rire sonore. Après son départ, la maîtresse s'est approchée de moi.

«Je crois que ceci vous appartient, mon jeune ami…»

J'ai baissé la tête. Elle est restée un moment près de moi. Elle attendait que je dise quelque chose. J'ai gardé le silence. Elle m'a filé une punition. Des conjugaisons. Le verbe *aimer* au présent, futur et imparfait, par série de vingt.

Toutes ces années, Caroline et moi, on s'entendait bien. On ne s'est jamais perdus de vue, on est restés bons amis. Et toujours flottait au-dessus de nos têtes cette rumeur insistante, comme quoi nous finirions ensemble, tôt ou tard. On se voyait pendant les cours et en dehors, on fréquentait le même cercle d'amis, elle faisait partie de mon paysage et moi du sien.

Tout ce temps elle a fait partie de ma vie.

Jusqu'à ce soir terrible. On était une quinzaine. Les parents étaient sortis, avaient promis de ne pas se pointer avant deux ou trois heures du matin.

On a dansé un peu.

On a discuté par petits groupes.

On a joué à des jeux stupides. Action-vérité. Pictionary.

Il y a eu des fous rires.

Un ballon en plastique s'est retrouvé dans un saladier rempli de mousse au chocolat.

Laurine et Benjamin se sont embrassés pendant un slow, puis dans le canapé durant le reste de la soirée.

Et Caroline est morte à minuit.

On venait tout juste d'ouvrir les bouteilles de planteur et de Malibu. Il faisait doux et tandis qu'au salon ça dansait, nous étions quelques-uns sur le balcon, à discuter de tout et de rien. Nico racontait des blagues. Alex fumait une cigarette, Marilou battait du pied sur la musique, chantonnait, Sophie se rongeait les ongles.

On riait, on était bien, et elle est tombée.

C'est la faute à personne.

Tout le monde a hurlé. Certains sont descendus pour voir le corps, d'autres pleuraient et ne pouvaient faire un geste.

C'est Alex qui a eu l'idée d'appeler les pompiers. On a entendu la sirène. Ça nous a fait bizarre d'avoir ce pouvoir-là, de déclencher la sirène d'un simple coup de téléphone. La sirène, de chez moi, on l'entendait, surtout les premiers mercredis du mois, quand ils faisaient les essais. Le son montait lentement, grossissait à mesure que ça gagnait les aigus. Petit, j'essayais d'imaginer les pompiers dans leur caserne, je les voyais se dépêcher, descendre en enlaçant un gros tube argenté, dans le genre de ces barres auxquelles on se tient dans le métro, mais en plus grosses. C'était idiot quand j'y pense. La caserne est un bâtiment bas de toit, d'un seul tenant, de plain-pied.

On n'avait aucun moyen de joindre les parents. Personne ne savait où ils pouvaient bien être. C'était impensable. Inimaginable. De se dire que leur fille était morte et qu'ils n'en savaient rien.

Les pompiers sont partis avec le corps. Les autres sont rentrés chez eux. Certains avaient appelé leurs parents, qui sont arrivés en voiture, avec des mines affolées, des visages blêmes et stupéfaits.

Alex et moi on est restés en bas de l'immeuble.

On a attendu une bonne heure, assis sur les marches. Alex m'a tendu une cigarette, il paraissait incroyablement calme. Il était mal mais semblait maître de lui-même. Moi je chialais sans pouvoir aligner deux mots.

Les parents de Caroline ont fini par se pointer. Alex s'est avancé vers eux, d'où j'étais je n'ai pas pu entendre ce qu'il leur disait mais ce dont je suis sûr, c'est de les avoir vus devenir de vrais fétus de paille, des bouts de chiffon, de matière liquide et rien d'autre.

La mère a hurlé, le père ne pouvait pas bouger, c'était horrible.

Ça fait un an maintenant.

Une porte s'est ouverte. Elle était marron et couverte de cuir. La mère de Caroline s est levée, un type lui a serré la main et ils ont tous deux disparu dans le bureau tapissé de moquette.

Je me suis senti mieux. Quelque chose dans ma gorge s'est desserré. Je respirais à nouveau. J'ai pris un autre magazine, j'ai essayé d'arrêter de penser à tout ça. J'ai tenté de m'intéresser à la vie sentimentale de Jenifer, la pétasse de *Star Academy*, aux recettes de cuisine de Joël Robuchon, à l'enthousiasme d'un journaliste pour le dernier album de Patrick Bruel. Autant essayer de tirer un sourire à une huître. Ce genre de revues, ça me rappelait ma grand-mère. On allait la voir tous les dimanches, elle restait assise dans son fauteuil marron, papa et maman lui racontaient les dernières nouvelles, elle me montrait du doigt une petite bonbonnière en cristal et me disait de me servir. Je me bourrais les poches de caramels, puis je regagnais la table du salon, je feuilletais les revues qui traînaient. De semaine en semaine, mes dents s'abîmaient et je devenais incollable sur la vie de stars dont je n'avais que faire.

J'ai pris une autre revue. C'était bourré de beaux paysages, de raies mantas dans des eaux turquoise et transparentes, de rizières aux couleurs profondes, accrochées sur le flanc des montagnes, de photos d'endroits où je n'étais pas près d'aller en vacances, qu'on avait peu de chances d'atteindre avec la caravane. Avec la caravane, les étés c'était toujours pareil, on se levait à quatre heures du matin, pour éviter les bouchons disait mon père (des bouchons sur l'autoroute de l'Est, laissez-moi rire, à part nous je ne vois pas qui s'amuse à passer ses vacances d'été en Alsace, au camping de Lautenbach), on s'habillait à toute vitesse, on ne déjeunait pas (papa prétendait que prendre le petit-déjeuner sur la route, c'était déjà être en vacances), on sautait dans la voiture, le jour allait bientôt se lever, blafard et âcre. Arrivé au bout de la rue, mon père freinait. La voiture s'immobilisait Le rituel pouvait commencer. Il se tournait vers mes frères et moi et nous demandait : alors les enfants, cette année, vous préférez aller ou ? Parce que là, si on tourne à gauche, on va vers le sud et si on tourne à droite, on va vers l'est. De quoi vous avez envie ? C'est simple, moi j'ai deux idées, mais je vous laisse choisir. À gauche, l'Ardèche. À droite, l'Alsace. C'est bien, l'Alsace, non ? Le col du Bonhomme, le col de la Schlucht, les tartes aux myrtilles, la fête de la choucroute, ça vous dit les enfants ? Et avant même qu'on ait pu dire quoi que ce soit, avant même que les châtaigniers, les rivières dorées, le soleil sur la roche, toutes ces images qu'on avait de l'Ardèche aient le temps d'affleurer à la surface de nos cerveaux, mon père tournait à droite. Mes frères se rendormaient aussitôt et moi je rongeais mon frein. Année après année, l'Ardèche était devenue pour moi un rêve inaccessible, une terre infiniment riche de promesses, absolument exotique. Au bout de quelques kilomètres, mon père enclenchait une cassette et disait, comme pour lui-même : et en plus, comme ça, on est sûrs d'éviter les bouchons. Effectivement, sur la route, on n'avait personne à doubler, on roulait à deux à l'heure, tranquilles comme des papes, aux premières lueurs du soleil… Et c'était parti pour trois semaines.

Je me suis plongé dans ce magazine comme dans un rêve. Il y avait très peu de texte. On pouvait simplement se laisser transporter par les images, noyer sa tête et son regard dans ces géographies improbables.

Le Doc s'est pointé, a dit poliment au revoir à une grosse bonne femme et m'a fait signe d'entrer. Il me dépassait d'une bonne quinzaine de centimètres et coiffait ses cheveux argentés en arrière. Je le trouvais bizarre, avec son débit saccadé et ses yeux de fou, mais maman le tenait pour le meilleur toubib de la ville. Avec ses aiguilles et ses manières de s'intéresser à ma cervelle plutôt qu'à mon corps, il me faisait l'effet d'un sorcier, d'un vieux sage un peu barré. Il m'a fait asseoir. J'étais mal à l'aise. Je ne savais pas trop comment présenter les choses. Je n'avais mal nulle part, pas de rhume et pas d'angine, pas de gastro ni de bronchite.

Non, maman avait compris que ça allait mal, que je déraillais sec et elle m'avait envoyé là.

Quelques jours plus tôt, je rentrais du lycée et maman était là, blême, plantée au milieu du salon.

« Qu'est-ce que c'est que ça ? »

Elle désignait un sac, un sac indien qui trônait au centre du tapis. J'ai balbutié que c'était rien, juste mon sac.

« Je sais que c'est ton sac. Ce que je voudrais savoir, c'est pourquoi je l'ai retrouvé planqué dans ton bordel, en bas de la penderie, et rempli. »

J'ai dit que je manquais de place dans la chambre, que j'avais fourré là-dedans des affaires que je n'utilisais plus, histoire de gagner un peu d'espace. Évidemment je mentais en pure perte. Maman avait tout inventorié, trouvé mes papiers, de l'argent, un couteau, de la ficelle, des tee-shirts et des caleçons, mon jean fétiche et mon pull à capuche.

– Maman, tu m'emmerdes.

– Antoine, tu ne me parles pas comme ça. Je t'ordonne de monter dans ta chambre. On réglera ça avec ton père.

Je suis monté dans ma chambre, j'ai embarqué le sac.

Je l'avais préparé la veille. C'était le soir et je n'en pouvais plus, je me sentais partir en vrille, j'avais fumé plusieurs joints pour me calmer mais vraiment ça ne passait pas, ça m'étranglait, j'avais des sanglots dans la gorge et mes yeux brûlaient. Ça faisait déjà deux ou trois semaines que j'y pensais, depuis que j'avais appris, pour Alex et Léa. Trois semaines que je me disais que j'allais me barrer, que je ne supportais plus de rester là, qu'il me fallait prendre l'air, tout larguer.

En y repensant aujourd'hui, le Doc, à qui j'ai raconté l'épisode, avait raison. En disparaissant je souhaitais surtout me rendre intéressant, susciter l'inquiétude d'Alex et le remords de Léa. C'est ça que je voulais, qu'ils s'inquiètent à s'en ronger les sangs, à s'en bouffer les dents. Bien plus que partir j'aurais voulu disparaître, être invisible et les regarder souffrir de mon départ. C'était pas brillant je sais bien, pas beaucoup plus malin que de vouloir mourir pour punir ses parents quand on est gamin. Pas plus malin que ces trucs qu'on s'imagine alors, voir nos parents souffrir à notre enterrement, voir souffrir tous ceux qui passaient sans nous voir.

Le sac, je l'avais fait ce soir-là, cette fois j'étais décidé, j'aurais pris un train n'importe lequel, je serais parti vers le sud.

Le Doc m'a fixé droit dans les yeux. Je promenais mon regard le long des murs, je fixais les tableaux qu'il avait accrochés. Kandinsky, Dalí et Miró. Magritte juste derrière lui. Je n'aimais aucun de ces peintres. À vrai dire la peinture c'était pas ma tasse de thé. À vrai dire je préférais la photo, papa m'avait légué son vieil appareil, un truc qui faisait un boucan terrible, qu'on mettait des heures à régler, je passais des plombes à prendre en gros plan des parcelles minuscules, des paysages microscopiques et abstraits : brins d'herbe sur fond de terre, lézardes sur les murs, écorces d'arbres, scintillements du sable et couleurs mélangées des roches, lorsqu'on partait en vacances de printemps, les bonnes années, et que, la caravane toujours bien accrochée à la bagnole, on roulait durant un temps qui me paraissait infini vers la Méditerranée, dont on ne pouvait qu'essayer d'imaginer la tiédeur lorsque l'été s'installerait, qu'on l'aurait quittée depuis longtemps, qu'on traînerait des pieds pour partir visiter des villages à colombages et géraniums, tous pareils et entourés de vignes, peuplés de filles ridicules en costume traditionnel, de types qui jouaient cette musique impossible, quasi allemande, que papa s'était mis à affectionner et dont notre discothèque était maintenant remplie (parmi les merveilles que recèlent ces disques folkloriques, ma chanson favorite reste celle qui affirme, avec la légèreté harmonique et la finesse mélodique qu'on imagine : je ne bois que de la bière et du vin, et l'eau je la mets dans mon bain), tapissés d'affichettes annonçant la prochaine fête de la bière.

J'avais une boule dans l'estomac, je gardais le silence. Qu'est-ce que je pouvais lui dire, au Doc ? Que j'aimais cette fille ? Que je l'aimais vraiment comme un dingue et qu'Alex aussi ? Que pendant trois mois on avait joué à ça tous les trois, Jules et Jim et Kate, c'était nous, portraits crachés. Qu'elle nous menait par le bout du nez, qu'on était des chiens et qu'on bouffait dans sa pogne ? Que moi, ça m'allait comme ça ? Que ça aurait pu durer des mois ou toute la vie ? Que j'avais fait semblant de croire que c'était possible que les choses continuent comme ça encore et encore ?

Qu'est-ce que j'aurais pu lui dire au Doc ? Que j'aimais cette fille et qu'elle avait préféré mon meilleur ami ? Et que je ne supportais pas de les voir tous les deux ? Non je ne supportais pas ça. Ça me rendait dingue et pourtant j'avais juré. J'avais juré ça à Léa. J'avais juré de ne pas en vouloir à Alex, de ne pas m'éloigner d'elle, de continuer à être avec elle comme j'avais toujours été.

Quand j'ai dit ça au Doc, quand j'ai fini par le lui dire, il a souri, il m'a dit qu'elle était incroyable quand même cette Léa, qu'elle voulait le beurre et l'argent du beurre. Qu'elle voulait qu'on l'aime.

Je n'ai rien répondu. Que Léa veuille qu'on l'aime ne me choquait pas.

Au final, au Doc, j'ai tout dit. Et aussi comment ça déraillait dans ma caboche, comment les larmes restaient dans la gorge et sous les paupières.

Le Doc a griffonné des trucs sur son cahier d'ordonnances. Je me suis demandé ce qu'il pouvait bien écrire là-dessus. Ce qu'il pouvait bien me prescrire. C'est quoi les pilules pour guérir ce genre de blessures ? Est-ce qu'on guérit vraiment de ça ?

En le regardant écrire, j'ai tout revu de ce jour-là. Léa m'avait pris à part, dans le parc du Lycée. Il faisait beau, on s'est assis sous les marronniers, sur les petites barrières en bois. Je la trouvais si belle, elle me rendait dingue, la regarder me rendait heureux.

Je pensais toujours à cette phrase que j'avais entendue un soir à la télé, dans un film de Truffaut. Je me la répétais en boucle. Je la lui avais dite un jour, je lui avais dit ça, que sa beauté était à la fois une joie et une souffrance. Elle n'avait rien répondu. Elle avait approché son visage et j'avais senti son parfum et aussi je crois son souffle. Elle avait déposé un baiser sur ma joue, un baiser profond accompagné d'un «smack» tendre et sonore.

On était côte à côte et, quand je levais la tête, le soleil dans les feuilles ciselait de petits morceaux de vert tendre et translucide. Mes pieds dans la poussière traçaient des signaux étranges. Léa a pris ma main dans la sienne et m'a annoncé ça: qu'elle était avec Alex, qu'ils étaient ensemble maintenant. Qu'elle savait. Qu'elle savait que je l'aimais et qu'il ne fallait pas que je sois triste ou malheureux ou que je le prenne mal. Il ne fallait pas que j'en veuille à Alex parce que notre amitié était belle et précieuse et que ça n'avait rien à voir. Avec Alex, ils avaient une histoire et on n'y pouvait rien, ça s'était passé comme ç'aurait pu être moi mais ça ne l'était pas. Léa m'a dit ça: qu'entre elle et moi, c'était juste «différent» et qu'on n'y pouvait rien.

J'ai failli chialer, vraiment mes jambes flageolaient et tremblaient, j'étais liquide et j'avais mal. Je me suis levé, je me suis barré et elle m'a couru après. Je ne supportais plus de la regarder en face. Elle m'a raconté ses conneries de « rester amis », elle m'a dit qu'elle voulait surtout que rien ne change et moi je voulais juste savoir depuis quand. Depuis quand ils étaient ensemble sans que je le sache. Ça me chiffonnait, ça me flinguait, ça me tuait d'imaginer que ç'ait pu durer quelques jours sans que j'en sache rien, qu'on ait pu vivre plusieurs jours comme ça tous les trois sans que je sache. Elle m'a répondu que ça faisait une semaine, j'ai calculé et j'ai compris que ça s'était passé à Saint-Malo. J'ai eu envie de vomir.

Je suis parti sans rien dire et je suis monté dans le premier bus.

Assis sur la banquette du fond, j'ai chialé comme un môme.

À Saint-Malo, c'étaient des jours heureux, les plus beaux de ma vie, et vraiment ces jours-là maintenant je les trouvais salis. En nous revoyant tous les trois, en m'imaginant là-bas avec eux, entre eux deux, je ne sais pas, je me trouvais de trop, je me trouvais ridicule et pathétique, et vraiment ça me faisait chialer de plus belle, à l'arrière du bus, avec le soleil en biais qui me brûlait la tronche.

On était partis tous les trois, on avait pris le TGV jusqu'à Rennes, il était tôt et Léa s'était endormie contre mon épaule. Alex dormait en face de moi, un livre posé sur la tablette. Quand on est arrivés à Saint-Malo, il faisait frais, j'ai senti le vent qui me fouettait, il y avait dans l'air cette chose maritime et rêche qui me plaisait. On a pris la grande route qui menait à la ville close, aux fortifications en étoile, aux bâtiments gris le long de petites rues pavées. On a pris nos cafés sur une place. Il s'est mis à pleuvoir et c'était bon. Il y avait les mouettes, on n'avait toujours pas vu la mer mais on la sentait et tous les trois on était bien, je crois. On était heureux. Quand Léa a disparu dans le café pour régler la note, on se l'est dit, avec Alex, qu'on était heureux, que c'était dingue d'être à la mer avec Léa, d'être tous les deux avec elle qui nous distribuait ses rires et ses sourires.

La plage était luisante et irréelle, de ce jaune un peu blanc. On regardait les îles, c'était si beau. On a marché sur les remparts, on a suivi la mer jusqu'à Saint-Servan, il y avait des guirlandes allumées sur la terrasse du bar, des bateaux s'échouaient sur le sable laissé nu par la mer retirée. Dans une épicerie, on a acheté des bières et de quoi manger. La plage était un croissant parfait. Des façades décaties et des restaurants déserts la longeaient. On a mangé adossés au muret. Alex a relevé son jean fétiche et s'est enfoncé dans l'eau jusqu'aux mollets. Léa l'a rejoint et tenait sa jupe à mi-cuisses.

La nuit, on l'a passée sous la tente, on s'est endormis à l'aube. Le camping dominait la mer et la nuit était calme. On entendait les vagues et les voitures rares qui longeaient la corniche. On gardait la tête à l'extérieur, les cheveux sur l'herbe rase, on parlait en regardant les étoiles, elles étaient si nombreuses. De temps en temps on se refilait un joint, ou alors la flasque de whisky qu'on s'était achetée dans l'après-midi. On était serrés comme des sardines et le corps de Léa, et son crâne et son souffle, je les sentais. À un moment on est sortis du camping, c'était vaguement inquiétant et on se tenait par la main, Alex et moi de chaque côté et Léa au milieu.

Chaque fois qu'on entendait un bruit, un animal, un froissement de buissons, je sentais ses doigts se resserrer sur mes phalanges.

Le long de la plage de Saint-Servan, la promenade était déserte et les lampadaires diffusaient sur le ciment une lumière blafarde. On a entendu de la musique, un type jouait des chansons folks qui déraillaient dans tous les sens, sa voix était bourrée d'échardes, de bosses et de plaies. On s'est approchés du café, on s'est installés sur les marches de la terrasse. La musique venait de là. La grille était tirée mais par en dessous se faufilait la lumière. On entendait aussi de temps en temps des éclats de voix, des rires, des bruits de pas. La lune faisait des flaques dans l'eau, des flaques d'argent sur l'eau lisse et noire. On est restés là longtemps à écouter la voix blessée de ce type, assis sur les marches, Léa au milieu, qui nous tenait la main, se collait contre Alex puis contre moi, dans un doux balancement nocturne.

On a regagné la tente, je ne sais pas si on a dormi et, lorsque le jour s'est levé, Léa a voulu qu'on marche jusqu'à Saint-Malo. Elle voulait voir le jour se lever sur la plage du Sillon, ce ruban de sable brillant, planté de grands pylônes en bois. On marchait là-dessus et les îles en face, la lumière était pâle et dans nos jambes la fatigue et nos corps liquides et presque tremblants. Des types couraient le long de l'eau, balançaient devant eux des bouts de bois que des chiens trempés jusqu'aux os rapportaient en sautant dans tous les sens.

La nuit suivante il pleuvait tant, la tente était humide, le matelas comme une éponge par-dessus les petites flaques. Ça puait le plastique ou autre chose. On a tout remballé. On a fait les comptes. En se cotisant on pouvait se payer l'hôtel. On en a choisi un qui dépassait les remparts. Des chambres perchées, on pouvait contempler la mer à perte de vue. Le type à la réception a fait une drôle de tête quand on a demandé une chambre pour trois. Le lit était large, Léa trônait au milieu, un verre à la main, la télécommande dans l'autre, et on lui servait des rhums-orange. Sur l'écran défilaient des images incohérentes.

On a dormi tous les trois dans le lit, sagement collés. Ça me faisait bizarre. Bien sûr sous la tente on faisait pareil mais là dans cette chambre, c'était bizarre.

Je me souviens qu'avant de repartir, alors que nous marchions sur les remparts, Alex s'attardait en chemin, les yeux plantés dans ces longues-vues que l'on active en glissant dans la fente une pièce de vingt centimes, j'ai dit à Léa que je l'aimais. Elle m'a répondu par un sourire éclatant et solaire. Nous avons continué à parler comme si de rien n'était. En y réfléchissant, lorsque je lui ai dit ça, je suppose qu'elle et Alex, déjà... enfin je ne préfère pas y penser.

C'est déjà si dur, cette histoire.

Elle est belle à en crever, Léa.

Qu'elle se soit mise avec Alex n'y change rien.

Elle est belle et j'en crève.

Le Doc m'a dit : « Il faut vous soigner, vous êtes au bord de la rupture, mon jeune ami. »

J'ai réfléchi à cette phrase, j'ai pensé à ce qui en moi allait rompre, céder. Aux digues qui allaient s'effondrer, aux retenues, aux murs qui s'abattraient.

J'ai pensé : alors, comment ce sera quand tout aura craqué, quand plus rien ne retiendra ce vacarme intérieur, les angoisses et les larmes et les nerfs et ces envies de mourir qui toujours tournent dans mon crâne, depuis toujours, aussi loin qu'il m'en souvienne ? Toujours ces trous noirs et cette image et ce geste que j'exécute avec mes doigts. J'arme, je colle les deux doigts sur ma tempe et pan, ça détonne, ça traverse ma cervelle, ça éclabousse de sang. Au début, avec Léa, le geste, je le faisais pour rire, je la regardais et je faisais le geste pour lui signifier qu'elle était belle à se flinguer.

J'ai mis l'ordonnance dans ma poche. Dessus, il y avait des noms de médicaments pour les nerfs.

« C'est pour consolider l'intérieur, combler les fissures, replâtrer un peu. C'est du bricolage, m'a dit le Doc. Ça tiendra le temps que ça tiendra. Ça finit toujours par céder à nouveau. On n'y peut rien. »

Le Doc m'a secoué la main et m'a souhaité bon courage.

J'ai réglé la consultation. La secrétaire m'a demandé des nouvelles de maman. J'ai dit que ça allait, je n'ai pas précisé, je savais très bien qu'elles s'étaient vues la veille.

Sur sa droite, la porte s'est ouverte. Le type de tout à l'heure est apparu. La mère de Caroline lui a dit au revoir. Elle s'est approchée de moi. Je la trouvais lourde et fatiguée, comme s'il lui était devenu pénible de seulement porter son propre poids.

Elle m'a dit que samedi, à l'église du centre, une messe serait dite en mémoire de Caroline.

Elle a ajouté qu'elle aimerait que je sois là, ainsi qu'Alex, Sophie et les autres. Elle ravalait difficilement sa salive en disant ça.

J'ai répondu que bien sûr je serais là.

Puis elle s'est approchée pour me faire la bise.

Elle m'a serré dans ses bras et j'ai dû mordre mes joues pour ne pas fondre en larmes.

Sophie

Mon ange,

Je t'écris et c'est idiot. C'est comme si j'étais folle.

Ça fait un an.

Un an jour pour jour que tu es morte et je me demande si je suis la seule à m'en souvenir.

Les autres je les vois de temps en temps, au lycée. Je les croise dans le parc. Parfois dans des soirées.

On se voit moins qu'avant. On a tous été éparpillés. Il y a trente classes de seconde. Et puis Marilou est à Calais maintenant.

Enfin, tu sais déjà tout ça.

Enfin tu ne sais rien de tout ça.

Tu es morte et vraiment, c'est une chose impossible à réaliser.

Aujourd'hui j'ai croisé Titou, Alex et Nico. On s'est fait la bise. Il faisait doux, il y avait du soleil dans les arbres. Je sortais du bâtiment F, celui où il y a les laboratoires de physique et de bio. Eux y allaient. Je venais de foirer mon contrôle. Je n'avais rien révisé. Je m'en fous tellement de tout ça. Les cours et le reste.

Nico m'a demandé si j'avais gardé l'énoncé. Il avait le même prof et se disait que peut-être il leur filerait le même sujet. C'était déjà arrivé. J'ai fouillé dans mon sac et j'ai retrouvé la feuille que j'avais couverte de dessins puis déchirée. Nico l'a fourrée dans sa poche.

On s'est assis sur les barrières, nos sacs traînaient dans la poussière.

J'ai pensé : il ne manque que Marilou.

Peut-être qu'eux aussi y pensaient. Je ne sais pas. On s'est donné des nouvelles sans importance. Des histoires de profs, d'interros, ce genre de choses.

Je m'en fous tellement de tout ça. À aucun moment nous n'avons parlé de toi. Pas même une allusion. Ils étaient comme d'habitude, comme si ces jours-ci n'étaient pas des jours spéciaux. Des jours de deuil. De mémoire. De souvenirs. Des jours inconsolables.

Ils souriaient, ils blaguaient et ça m'a rendue furieuse.

Je t'écris, à quoi ça rime ? Je t'écris c'est tout.

Je t'écris parce qu'on s'écrivait, toutes les deux. On n'arrêtait pas de s'écrire. On s'envoyait des mots, des lettres. Des cartes, des textos. C'était devenu une drogue à la fin d'attendre tes textos, d'éclater de rire en les lisant, de chercher une réponse à la hauteur, qui te fasse rire.

J'aimais tellement ton visage d'ange et tes yeux quand tu riais, je t'aimais tellement.

J'ai recroisé Alex, tout à l'heure, dans le bus. Il était flanqué de Titou. Ils sont devenus inséparables, ces deux-là.

Alex est toujours aussi beau.

Je me souviens du jour où je suis allée lui parler de toi.

Tu me l'avais demandé.

Tu m'avais suppliée.

Je me souviens, on était en cinquième.

Le cours de mathématiques nous ennuyait. Nous étions assises au fond de la salle. Près du tableau, une carte de l'Europe était le dernier vestige du cours d'histoire qui avait précédé. J'ai fait passer un mot à travers la classe. Tu étouffais des rires nerveux. Je t'ai pincé la cuisse pour que tu cesses. Le professeur s'est retourné. Nous ne l'aimions pas. Il nous le rendait bien. Tu as réussi à retrouver ton calme et le prof s'est contenté de toussoter comme on s'éclaircit la voix, avant de reprendre sa démonstration et d'aligner à la craie des signes abstraits dont nous n'aimions que le dessin.

Nous avons regardé Alex. Nous l'avons observé qui dépliait sous la table le papier. Dessus, j'avais écrit le lieu et l'heure du rendez-vous. Rien de plus. Il s'est retourné et a hoché la tête pour me signifier qu'il était d'accord. Nico lui a filé un coup de coude dans les côtes. Alex a laissé échapper un cri. Le prof s'est retourné à nouveau et leur a précisé qu'ils pouvaient aller se chamailler dehors, qu'il ne les retenait pas, bien au contraire. Alex et Nico se sont redressés. Nico était mort de rire. Alex se caressait les côtes. Il avait eu vraiment mal.

Je l'ai attendu près des tennis. Les grillages étaient défoncés, les courts lézardés et couverts de feuilles mortes. Je tremblais de trouille, j'avais si peur qu'il dise non, qu'il ne veuille pas de toi.

C'était une belle journée d'automne.

Après l'accident, certains ont parlé de suicide. Évidemment c'est idiot, moi j'étais là, je t'ai vue et c'était horrible. Tu étais assise sur la grille. Parfois tu décollais légèrement les pieds pour te balancer, à cause de la musique qui venait du salon. Moi je fumais ma cigarette, je regardais en bas les voitures garées et le béton, les types qui glandaient sur les escaliers. Je regardais ça et j'ai entendu ton cri.

Ton corps, je ne sais même pas si je l'ai vu durant la chute.

Tout est allé si vite, on s'est précipités dehors, on a dévalé les escaliers.

On n'a pas eu besoin d'approcher trop près pour comprendre.

Quand même, cette histoire de suicide, ça a mis du temps à sortir des têtes. Il faut dire que, ce soir-là, certains t'ont vue pendant les slows. Tu dansais avec Alex et tu as voulu l'embrasser. Il s'est reculé et t'a laissée plantée là au milieu du salon, plantée comme une conne sur le linoléum, au milieu des meubles tristes.

Ils sont cons quand j'y pense.

Si on devait se suicider chaque fois qu'on se prend un râteau, je serais morte une bonne vingtaine de fois, pas vrai ?

Ma mère vient d'entrer. Elle me dit qu'on mange dans dix minutes.

Dans dix minutes il sera vingt heures.

Comme si je ne savais pas que tous les soirs de l'année, tous les soirs sans exception depuis que je suis née, tous les soirs on passe à table à vingt heures, alors que s'élèvent dans notre salon les notes du générique du journal de vingt heures. Celui de France 2 parce que papa pense que ce n'est pas pareil. Moi, je ne vois pas la différence. Sur les deux chaînes on prononce le mot «banlieue» avec ce même air qui cherche à faire peur, sur les deux chaînes on dit le mot «jeunes» avec une grimace de dégoût, sur les deux chaînes on parle de nous comme d'animaux étranges et dangereux, on parle de nos immeubles comme de cages au milieu d'un zoo, enfin tu sais bien, c'est toujours pareil, rien n'a changé, ce qui nous énervait continue à m'énerver.

C'est tout.

Aujourd'hui, ça fait un an que tu es morte.

C'est tout.

Un an et je ne m'en remets pas.

Et je ne m'en remettrai jamais.

Et même je ne veux pas m'en remettre.

Je ne veux pas.

Je veux rester triste à en crever et malheureuse comme une chienne de t'avoir perdue, d'avoir vu ton corps sur le sol, d'avoir hurlé en voyant ça et aussi le cercueil qu'on faisait descendre dans le trou en terre.

Je ne veux pas m'en remettre.

Les autres disent que j'en rajoute.

Les profs disent ça, que c'est une bonne excuse pour ne rien faire, cette histoire de deuil qui ne passe pas. Que j'en profite pour ne plus rendre mes devoirs, répondre et être insolente, ne plus rien foutre.

Il est vingt heures.

Ma mère me gueule de descendre, je réponds que je n'ai pas faim.

Elle dit à mon père d'y aller. Qu'est-ce que ça peut me faire, qu'il vienne ?

Il entre dans ma chambre et voit que je pleure. Il me dit : « Qu'est-ce qu'il y a encore ? » Je le fixe en mettant dans mon regard tout le mépris et toute la haine dont je suis capable.

Entre mes dents je lui crache : « Tu sais pas quel jour on est ? Hein. Tu sais pas ou tu fais exprès ? »

Je le regarde réfléchir, je regarde mon père

réfléchir et n'être même pas foutu de se rappeler que ma meilleure amie est morte il y a un an tout juste.

Et puis il finit par comprendre.

Il me demande pardon dans un murmure et se retire.

Ferme tout doucement la porte.

Je t'écris et c'est calme. J'ai l'impression de te parler, je sens que tu m'écoutes. Je sais bien que c'est totalement débile. Je sais bien que tu n'existes plus, que tu n'es plus rien que de la chair pourrie et bouffée par les vers.

Le jour de ta mort, à part ta mort, il ne s'est rien passé de spécial. C'était un jour comme les autres, juste un peu plus joyeux, à cause de cette fête que tu avais organisée, qu'on avait préparée ensemble.

Tu es morte un samedi, le matin on avait sport.

On est arrivées en retard, les autres étaient déjà en train de s'échauffer, de se passer des ballons, de courir à petits pas sur le parquet vert où s'entrelaçaient des lignes tracées, indiquant les repères mêlés d'un terrain de basket, d'un court de tennis, d'un terrain de handball et d'un autre de volley. Ça résonnait comme dans une église, et les ballons s'écrasaient contre les montants des cages ou sur les murs en faisant un bruit pas possible, un claquement sec et sonore. Des vestiaires, on entendait plus sourds les pas, les éclats de voix, les coups de sifflet du prof. On est restées un temps là, tapies dans le vestiaire calme, côte à côte sur un banc de bois clair. On ne disait rien. J'écoutais ton souffle régulier. Ton visage était caché par tes cheveux. De temps en temps, tu te tournais vers moi et tu me souriais.

On s'est levées en même temps, sans même se le dire. On a poussé la porte du gymnase. On n'était même pas en tenue. Le prof nous a vues arriver. Il nous a fixées et, d'un geste sec de la main, nous a signifié que ce n'était pas la peine, que nous étions trop en retard, qu'il ne nous acceptait pas en cours. On s'est retenues de rire jusqu'au vestiaire. Le plan avait fonctionné comme sur des roulettes. Comme un samedi sur deux.

Le gymnase était en dehors du collège. C'était pratique parce que, lorsqu'on séchait, et ça nous arrivait souvent, une fois sorties du bâtiment, on était vraiment dehors. Pas besoin de sauter en cachette par-dessus les grilles. Pas de risque de se faire piquer par le surveillant et de se retrouver en salle d'étude à regarder le plafond pendant deux heures.

On a marché un peu dans le quartier du collège, c'étaient des petites maisons, des pavillons soignés qu'encerclaient des jardins à l'herbe rase. Dans certains il y avait des tas de fleurs, dans d'autres des balançoires et des trucs qui traînaient : des parpaings, des roues de voiture, des tas de gravier où se plantait une pelle.

On est passées devant les tennis, des vieux jouaient en poussant des cris idiots. Ils envoyaient valdinguer les balles par-dessus les grillages et passaient des heures à les chercher dans les thuyas.

On a refait le compte des invités, ils seraient onze. Plus nous deux ça ferait treize. Nous n'étions pas superstitieuses et aujourd'hui je ne préfère pas réfléchir à cela. Nous étions treize et tu es morte.

On a fait les courses chez Atac, tes parents t'avaient filé de l'argent, on avait ajouté un peu de nos économies et puis chacun devait apporter un truc. Une bouteille ou un gâteau. On a poussé le chariot dans les allées blafardes du supermarché. On a croisé la prof de maths. Elle nous a demandé pourquoi nous n'étions pas en cours. J'ai balbutié qu'on était arrivées en retard et que le prof nous avait virées. «Je vois», a-t-elle répondu, et puis elle s'est remise à attraper des produits sur les étagères et à les fourrer dans son panier. On l'a imitée et au total, l'addition était salée mais ça allait.

Dans les rues, on avait les bras bourrés de sacs en plastique, on s'arrêtait toutes les deux minutes pour se reposer. Une bouteille est tombée sur le trottoir, du rhum s'était répandu sur le bitume. Une vieille passait par là avec son chien. Elle a gueulé «vous pouvez pas faire attention» et son clébard marchait dans l'alcool.

On est passées chez moi pour chercher mes disques. Pour une fois, l'ascenseur marchait. On est restées peu de temps parce que mon père était là. Assis dans son canapé, il regardait une vidéo. On a juste bu un verre de Coca, fourré les CD dans un sac de sport et on s'est tirées. Comme tout ça commençait à faire lourd, j'ai demandé à mon frangin de nous accompagner jusque chez toi. Tu m'as dit que ce n'était peut-être pas une très bonne idée. Tu avais raison. J'oubliais parfois à quel point mon frangin pouvait être lourd. On a eu un mal de chien à se débarrasser de lui et à lui faire comprendre que non, il n'était pas invité ce soir.

Tes parents sont partis dans l'après-midi et on a préparé l'appartement. On a dégagé le salon, tiré les meubles, roulé le tapis. Sur la table on a disposé des plats remplis de chips, de bonbons et d'autres choses. Tu as changé les ampoules. Mon frangin avait accepté de nous prêter les siennes. Elles étaient rouges, jaunes et bleues. Je ne sais pas ce qu'on pouvait se raconter en faisant ça mais je me souviens qu'on était tout le temps mortes de rire, qu'on pouffait à n'en plus pouvoir. Et aussi qu'on n'arrêtait pas de danser toutes les deux en se regardant dans la glace.

Combien d'heures de notre vie avons-nous passées à nous regarder danser, toutes les deux, devant une glace, maquillées et vêtues l'une par l'autre ?

Tout le monde est venu sauf Tom. Ses parents avaient refusé qu'il sorte ce soir-là. Il s'était pris une bulle en maths et ils n'avaient pas aimé.

Ça a mis un peu de temps à démarrer. Comme d'habitude, les garçons ne voulaient pas danser et restaient près du buffet à discuter entre eux, ou alors fumaient sur le balcon. Et puis comme toujours, sans qu'on sache pourquoi, une chanson a tout déclenché, tout le monde s'est retrouvé à danser au centre du salon, je ne sais plus laquelle c'était, non.

La seule chanson dont je me souviens, ce soir-là, c'est celle qui jouait lorsque tu es tombée : *Le vent nous portera* de Noir Désir.

Je ne sais pas pourquoi je te parle de ça.

Vers dix heures, ça a sonné. Des types squattaient en bas de la tour, ils avaient entendu la musique. Et repéré les lumières colorées, aperçu Alex et Titou qui fumaient sur le balcon. Je suis allée ouvrir et tu étais derrière moi. Ils disaient: «Allez, soyez sympas, plus on est de fous plus on rit, non?» J'ai répondu que c'était une fête privée et j'ai refermé la porte. Ils ont tambouriné en m'insultant.

La suite tu la connais. Tout le monde la connaît. Il y a eu quelques jeux. Toujours les mêmes, qui nous filaient invariablement des frissons ou des fous rires. Action-vérité, surtout. Et ça n'a pas manqué. Au tour d'Alex, quand il a choisi «action», Nico lui a demandé de t'embrasser sur la bouche. Tu étais rouge. Tu riais dans ton pull rose. Sur ton visage brillaient des paillettes multicolores. Alex s'est avancé. Puis il a pressé ses lèvres contre les tiennes. Ça n'était pas un vrai baiser. Nico s'est mis à gueuler: «La langue, la langue!» Alex lui a dit sèchement d'arrêter ses conneries et a regagné sa place. C'était ton tour. Évidemment tu as choisi Alex. Cette fois il a répondu « vérité ». Tu lui as posé la question. Tu voulais savoir ce qu'il pensait de toi. Il a été très élégant, comme toujours. Il a dit qu'il te trouvait très jolie et qu'il te tenait, avec Marilou et moi, pour une de ses meilleures amies. Il a ajouté qu'il t'aimait énormément. Et bien sûr tout était là, dans ce « énormément », quand tu rêvais qu'il t'aime tout court.

Après les jeux, la musique a repris. Certains dansaient, d'autres étaient affalés sur le canapé et on était cinq sur le balcon. Et tu te balançais. Titou chantonnait en te regardant. Alex fumait les yeux dans le vide. Tu le fixais. Tu le trouvais beau et tu avais raison.

C'était il y a un an. Exactement. Jour pour jour. Nuit pour nuit.

Quand les pompiers sont arrivés j'étais là, penchée sur toi qui étais morte et ensanglantée. Défigurée et je ne te reconnaissais pas. Je te regardais et c'est comme si ce n'était pas toi mais une autre qui était morte. Une autre qui portait tes habits et qui faisait ta taille et qui avait tes cheveux.

J'ai senti une main sur mon épaule et c'était mon père. Il m'a serrée dans ses bras et j'ai pleuré sur son épaule. Quand je me suis écartée, le tissu de sa chemise était trempé.

Les pompiers sont partis et mon père m'a raccompagnée à la maison. Je ne tenais plus debout et il devait me soutenir, me soulever presque.

Après, je suis restée deux jours sans rien dire et sans manger. J'étais dans ma chambre et je gardais les lumières éteintes. Allongée sur mon lit je fixais le plafond. J'essayais de penser à toi mais je n'y arrivais pas, j'étais incapable de penser à quoi que ce soit. Dans ma tête tout était blanc. Dans ma tête c'était un silence assourdissant. Dans ma tête ça hurlait en silence, comme sur cette peinture où l'on voit ce type qui hurle mais c'est comme s'il était muet, comme si rien ne pouvait sortir de sa bouche ouverte et ronde et noire.

Tout ça je te l'ai déjà écrit cent fois.

Et aussi je t'ai dit ce que jamais je n'avais osé te dire de ton vivant.

Que je t'aimais.

Pas comme une sœur.

Non.

Je t'aimais tout court.

Je t'appelais mon ange. Et ça te plaisait.

Ça fait un an aujourd'hui. Je me répète ça et ça ne veut rien dire. Un an ou pas, je pense à toi tous les jours.

Samedi, une messe sera dite. En ton souvenir. Je ne sais pas si j'aurai la force d'y aller. Je crois que oui. Je crois que c'est important.

J'aimerais qu'on soit nombreux.

J'aimerais qu'on soit tant à ne pas t'avoir oubliée, qu'on soit tant à ne pas se remettre de ta mort.

J'aimerais qu'on pleure doucement, qu'il y ait des fleurs.

J'aimerais qu'on passe cette chanson, *Le vent nous portera*. Qu'on la chante tous ensemble.

J'aimerais que le prêtre parle de toi en souriant, qu'il dise juste que tu aimais la vie, que tu étais joyeuse et légère. J'aimerais cela.

Qu'il dise comme tu étais légère. Et comme cette légèreté était un cadeau, comme elle m'aidait à vivre, moi qu'un rien aurait pu briser et tu vois, je suis brisée.

Et ce qui m'a brisée ce n'est pas rien. Et c'est irréparable.

Un jour chez Titou, en fouillant dans ses disques, je suis tombée sur un de ces chanteurs dépressifs qu'il aime tant et il y avait ces phrases :

Le deuil n'existe pas. On se souvient. On se souviendra toujours de tout. Dans les moindres détails.

Ces phrases, je ne cesse de me les répéter. C'est comme un vœu que je forme. Un souhait, une croyance, un talisman. Le deuil n'existe pas et je ne t'oublierai jamais.

Je crois qu'au fond en t'écrivant, ce soir comme tant d'autres soirs auparavant, comme tant d'autres soirs à venir, c'est juste ça que je voulais te dire. Le deuil n'existe pas et je ne t'oublierai jamais.

Nico

La pente était raide et je pédalais comme un dingue. Les autres se retournaient et se foutaient de ma gueule. Je voyais le cul de leurs Mobylette s'éloigner. Je leur ai fait un bras d'honneur, ils m'ont capté dans le rétroviseur et m'ont lancé un doigt bien tendu vers le ciel, avant de filer d'un coup d'accélérateur, de disparaître dans les rues de Mainville.

Je n'ai pas cherché à les rejoindre, ils me gonflaient, j'en avais ras le bol de pédaler comme un dératé derrière leurs Mob, ça faisait des années que je pédalais comme ça derrière leurs Mob, sur mon vélo qui grinçait, j'avais beau graisser la chaîne toujours il grinçait, le seul résultat que j'obtenais, c'étaient les traces noires du cambouis sur le bas du survêtement, au niveau des mollets. J'ai fait une pause en haut de la côte. Les pieds à terre, un peu vautré sur le cadre et le guidon, j'ai essayé de reprendre mon souffle. Devant moi se dressaient la boulangerie, la boucherie incroyablement sombre, sombre à un point qu'on aurait pu la croire fermée, abandonnée depuis des lustres. J'ai pensé avec colère à ma mère qui n'avait jamais voulu que je m'achète une Mob, qui trouvait ça dangereux. Ça fait voyou, disait-elle. Et puis tu as ton vélo... C'est vrai que je l'aimais bien, mon vélo. Les heures et les heures que j'avais pu passer dessus, les heures et les heures à tourner dans les rues voisines, à passer devant chez les copains en espérant qu'ils me voient et sortent, à rouler dans les feuilles qui craquaient au soleil, devenaient charpie quand il avait plu. Longtemps je n'avais pas eu le droit de quitter la rue où nous vivions, je faisais des allers-retours incessants, je passais et repassais devant ma propre maison, je voyais derrière les rideaux maman qui vérifiait régulièrement que je n'avais pas disparu. Je me souviens de ce jour où, pour la première fois, j'ai quitté notre rue sans prévenir maman, ou plutôt sans lui demander une autorisation qu'elle ne m'aurait de toute façon pas donnée. Je devais avoir dix ou onze ans, j'ai roulé sous les tilleuls, j'ai traversé plusieurs rues et sans hésiter j'ai passé la frontière. Je suis entré dans la résidence où vivaient quelques copains, j'avais une incroyable impression de liberté, je découvrais un royaume où des tas d'enfants de mon âge jouaient au foot, faisaient des roues arrière sur le bitume, sautaient des bosses et des trottoirs entre des immeubles cubiques et luxueux. Je suis resté une heure ou deux avec eux, je ne pensais plus à maman, à son inquiétude lorsqu'elle s'apercevrait que je ne roulais plus dans notre rue… Puis je me suis éloigné encore un peu, j'ai pris la route que maman qualifiait toujours de dangereuse, quelques voitures y roulaient, je tenais bien ma droite, serrais fort le guidon. Quelques rues plus loin se dressait la cité, les tours grises et bleues, j'ai roulé là-dedans, j'espérais y rencontrer quelqu'un, Majid, Sébastien ou Caroline. Ce fut Caroline, elle jouait avec ses amies au pied de la tour H, lorsqu'elle m'a vu elle m'a fait signe, je me suis approché d'elle et nous nous sommes éloignés côte à côte. Nous n'avons rien fait en particulier, juste causé un peu, je me demande bien de quoi. Quand je suis rentré à la maison, maman s'est jetée sur moi, elle m'a hurlé dessus et presque dans le même mouvement m'a couvert de baisers puis collé une gifle. Elle m'a rappelé qu'il m'était formellement interdit de quitter notre rue, qu'au-delà il y avait des voitures, que je pouvais avoir un accident, ou tomber sur une bande. C'est dangereux, là-bas, m'a-t-elle dit.

Tout à coup, j'ai eu violemment envie de voir Lætitia. Même de loin. Passer devant le magasin, l'apercevoir, ça me suffirait. J'ai fait demi-tour.

Lætitia avait dix-neuf ans. Elle travaillait au supermarché du centre. C'est là que je l'avais rencontrée. À la caisse située la plus à droite. Devant, il y avait des paniers empilés, un présentoir à friandises et à journaux télé de merde.

Au supermarché du centre, j'y allais régulièrement, depuis tout petit. Toujours ma mère m'envoyait y chercher des trucs, il manquait toujours quelque chose, une plaquette de beurre ou des tomates, du lait ou des œufs. Putain ce que ça pouvait me gonfler quand elle me disait d'y aller alors que j'étais en pleine partie de FIFA 2000, ou bien que je matais un match de tennis à Roland-Garros. Je lui disais : T'inquiète, j'irai plus tard, et elle, toujours ça la foutait en rogne, elle disait :

Non, tu y vas maintenant, non mais c'est pas vrai, on peut rien lui demander à ce gamin…

Et puis Lætitia est arrivée.

Très vite, je me suis mis à y aller plusieurs fois par jour, au supermarché. Juste pour la voir. Passer du temps avec elle. Ma mère n'avait plus besoin de me gueuler dessus, j'y allais plus souvent qu'à mon tour, j'y restais des heures, debout à sa caisse.

Quand il n'y avait personne, on parlait de n'importe quoi, ce qui me passait par la tête, on commentait les chansons qui passaient à la radio, on se moquait des clients. Sinon je m'écartais un peu, je flânais parmi les étalages, je grappillais discrétos des grains de raisin sur les grappes entassées et je la regardais faire.

Parfois aussi, j'aidais les gens à remplir leurs sacs. Certains me laissaient une pièce.

Lætitia, je la faisais rire. C'est ce qu'elle me disait : Tu me fais rire, Nico.

Souvent, j'attendais la fin de son boulot et

je la raccompagnais jusque chez elle. On roulait lentement côte à côte. Les voitures klaxonnaient on s'en foutait, on roulait on riait et c'était beau de la voir rire.

Quand je l'ai connue, Lætitia, elle ne riait pas beaucoup. Les premiers temps je vous assure, elle semblait toujours sur le point de pleurer. Elle était si triste à sa caisse. Son mec était en prison. Il s'appelait Stéphane, ils vivaient ensemble, tous les deux peinards au huitième étage de la tour H.

L'appartement d'en dessous, c'était celui de Caroline. Ça me faisait vraiment bizarre, ces soirs où je la raccompagnais, de laisser mon vélo en bas de la tour, de monter les mêmes escaliers, de gravir les sept étages et de passer devant sa porte, d'entendre le bruit du téléviseur, parfois même la voix d'un de ses parents, d'imaginer qu'ils continuaient à vivre là-dedans, tous les deux tout seuls, ses parents, d'imaginer le silence que ça devait faire au milieu de l'appartement, l'épaisseur du silence incroyable que ça devait faire, l'absence irrémédiable de Caroline.

De chez Lætitia, quand je me penchais du balcon, je voyais le balcon d'en dessous. C'était devenu un vrai foutoir, un empilement de gros sacs en plastique gris, de bouts de ferraille, de carcasses de vieux meubles, impossible d'y faire un pas, de se frayer un chemin jusqu'à la grille et je crois bien que c'était fait exprès, que le balcon, les parents de Caroline, ils l'avaient rendu inaccessible, ils l'avaient fait disparaître, l'avaient enterré.

Je pensais toujours à ces choses, au balcon condamné, à la chape de plomb qui avait dû s'abattre sur l'appartement, aux parents de Caroline que j'imaginais hagards, les yeux dans le vide à siroter du thé presque froid devant la télé éteinte. Je pensais à ces choses quand je raccompagnais Lætitia dans son appartement tapissé de papier peint aux couleurs claires et froides, au huitième étage de la tour H. Sur la sonnette, à droite de la porte lacérée de tags, il y avait leurs deux noms, Stéphane et Lætitia, et ça aussi ça me troublait. À l'intérieur, il y avait leurs meubles, des photos d'eux sur les murs. Des affaires à lui traînaient, comme s'il était parti la veille.

Et pourtant non.

Ça faisait six mois qu'il était en prison, Stéphane. Six mois.

Je l'ai regardée de loin. Cette fois, je ne suis pas entré dans le supermarché. Je me suis juste assis sur un de ces bancs qu'ils ont installés récemment, au centre-ville. Si l'on peut appeler ça un centre-ville. Il y a juste une boulangerie, un boucher, un tabac, une papeterie, un supermarché et un Picard. Juste ça. Faut pas s'étonner qu'on s'emmerde à ce point dans cette ville. Faut pas s'étonner : il y a rien. Rien de rien. Juste des bancs plantés dans les dalles toutes neuves du centre-ville. Juste ça et des flics qui passent et repassent. Dans cette ville il y a plus de flics que d'habitants. Le commissariat, ils l'ont planté à deux pas du Café Musique (ou entre parenthèses on n'a pas encore vu l'ombre de la trace d'un fantôme de type qui jouerait autre chose que du violon ou de la clarinette…), en face de la MJC. Juste en face. Et la MJC, je vais vous dire un truc, j'ai jamais vu quelqu'un de moins de trente ans y foutre les pieds. C'est bourré de cours de danse à la con, de séminaires de poterie, d'ateliers patchwork ou ce genre de conneries. Maman a essayé de m'y envoyer plusieurs fois. Elle veut tout le temps que je m'inscrive à des «activités». Tous les ans, elle consulte le petit guide de la ville qu'on nous glisse dans la boîte aux lettres et elle liste les «activités» auxquelles elle pourrait m'inscrire. Ça va du yoga à la danse jazz, du théâtre à l'apprentissage du russe, de l'informatique à l'expression corporelle. Elle dit: Ça t'occuperait intelligemment, ça te changerait de tes jeux idiots et des heures que tu passes sur ton vélo. Ça t'ouvrirait un peu à l'art. Ça te bougerait un peu. Elle dit: Je dis ça pour toi, tu as toujours l'air de t'ennuyer et puis t'en as pas marre de regarder la télé durant des heures? Elle dit toutes ces choses et je la laisse dire. J'enclenche la Play Station et elle fixe l'écran en secouant la tête.

Vers dix-sept heures, j'ai vu Lætitia sortir du supermarché. Elle avait fini sa journée. Elle s'est dirigée vers son vélo, elle l'avait attaché à un lampadaire. J'ai marché vers elle, j'ai prononcé son prénom, elle s'est retournée.

– Nico, qu'est-ce que tu fais là ?

– Ben tu vois, je viens te chercher après le boulot.

Elle n'a rien dit et on s'est mis en route. On a marché tous les deux à côté de nos vélos. On a marché en silence, je la regardais et je savais bien que c'était foutu, que j'étais amoureux d'elle, que ça n'avait pas de sens mais que j'étais amoureux d'elle. J'aimais sa peau mate, ses yeux noirs et brillants, ses cheveux pareils. En secret, je l'appelais *ma princesse arabe, ma princesse de mille et une nuits*. Je l'appelais comme ça dans ma tête. Ça faisait des jours et des nuits que je l'appelais comme ça.

Lætitia s'est assise sur le canapé et je la trouvais belle. Toutes les deux secondes elle ramenait une mèche derrière son oreille.

– Tu veux boire quelque chose ? Une bière, du thé ?

– Une bière, je veux bien.

Elle s'est dirigée vers la cuisine. Je l'ai entendue ouvrir le réfrigérateur. Quand elle est revenue j'ai regardé fixement ses jambes, elle l'a remarqué mais ne m'a rien dit. Elle m'a tendu une cannette et a enclenché une cassette de raï.

– Tu l'as connue, Caroline ? j'ai demandé.

Je sais pas pourquoi j'ai dit ça, c'est sorti tout seul. Chaque fois que je me retrouvais dans cet appartement je pensais à elle qui avait vécu juste en dessous, elle tournait dans mon crâne comme une mouche affolée et cette question m'avait toujours brûlé les lèvres.

– C'est qui, Caroline... ?

– Tu sais, la voisine du dessous. Celle qui est tombée.

Pour toute réponse, elle s'est approchée de moi et m'a embrassé. J'ai d'abord été surpris, et puis j'ai glissé ma langue entre ses dents. Elle m'a laissé faire. J'ai passé ma main sous son tee-shirt, caressé son dos. Elle m'a laissé faire. J'ai posé mon autre main sur son ventre. Elle respirait plus fort et moi aussi. Elle fermait les yeux. Je sentais mon cœur jusque dans ma gorge, jusque dans mes tempes.

Je lui ai dit que je l'aimais et elle a souri. C'était un sourire un peu triste. J'ai répété ça, que je l'aimais, et je sais bien que c'était incongru de dire ça dans leur appartement, dans son appartement à lui qui était en prison depuis six mois, qui en avait encore un à tirer et dont elle attendait la sortie. Dans cet appartement prolongé d'un balcon, au-dessous duquel se tenait un autre balcon, condamné et d'où était tombée Caroline.

Je lui ai ôté son tee-shirt. C'était beau à pleurer, sa peau nue et dessus le tissu blanc du soutien-gorge. Elle m'a pris la main et m'a emmené dans sa chambre. Elle a enlevé sa jupe et s'est allongée. Je sentais mes veines qui battaient à tout rompre, comme si le sang voulait sortir par là. J'ai enlevé mon tee-shirt, mon pantalon. Les rideaux étaient tirés. Je me suis allongé près d'elle. J'ai fermé les yeux et je l'ai laissée guider ma main.

Après on est ressortis. On a marché un peu, il faisait doux, le soleil rasait les maisons et plongeait dans les arbres. On longeait des jardins et les rues étaient toutes pareilles, bordées de marronniers et les voitures garées entre les troncs épais. On marchait côte à côte et sa peau et son regard, je les sentais, ses baisers, les draps défaits, toutes ces choses douces et lumineuses et inoubliables, je les sentais encore.

La rue débouchait sur le plan d'eau. Les bagnoles tournaient autour, trois tours de hauteurs inégales le dominaient. Au bord de l'eau, des gamins lançaient des cailloux, des types fumaient sur des bancs.

On était assis et, dans le silence, je lançais des poignées de sable, ça faisait des ronds et des plis sur l'eau noire.

– Nico, je crois qu'on a fait une connerie.

– Qu'est-ce que tu racontes ?

– C'est ma faute, Nico. Je sais pas ce qui m'a pris. Je t'aime bien, mais il y a Stéphane. Il revient dans un mois tu sais. Et puis t'es un gamin, Nico, t'es un gamin.

Elle a pris mes mains dans les siennes en disant ça et moi j'ai avancé mon visage et j'ai collé ma bouche contre sa bouche et j'ai voulu passer ma langue entre ses dents mais elle les serrait, et je tordais ses poignets et je passais ma langue sur ses dents, je les sentais, elles étaient lisses et petites et mouillées, je passais ma langue sur ses petites dents mouillées, elle a pris ma tête, elle l'a collée contre sa poitrine, je sentais ses seins contre ma joue que je mordais, ses petits seins ronds et doux je les sentais.

J'ai mordu mes joues contre ses petits seins et elle a caressé doucement mes cheveux et elle a dit : C'est fini, Nico. Ça va passer, ça va aller. Et moi j'ai répondu que non, que ça n'irait pas, que je l'aimais et que j'en avais rien à foutre de ce type, qu'il pouvait bien me casser la tête, me faire la peau, vraiment je m'en foutais. J'ai dit ça et aussi qu'elle ne m'avait pas répondu pour Caroline, qu'elle n'avait pas répondu…

J'ai pris mon vélo et j'ai pédalé comme un fou. Entre mes dents serrées, je prononçais son prénom, Lætitia, je disais je t'aime et je mordais mes joues, je pédalais, une voiture a failli me renverser, je ne me suis pas retourné. J'ai pédalé, le long de la nationale, ça défilait, les restaurants, les enseignes, les fleuristes et les vidéoclubs, ça filait, j'ai pris des rues, des rues toutes pareilles, j'ai pris des rues, je roulais, je bouffais mes dents, je pédalais, dans la descente j'allais vite, les voitures elles étaient rangées le long du trottoir mais je regardais pas la route, je bouffais mes dents et je m'en suis pris une, de voiture, j'ai senti la roue avant se bloquer, j'ai volé par-dessus le guidon, j'ai pas plané longtemps, je me suis ramassé sur le bitume et il y avait cette plaie ouverte et le sang qui perlait, mon pantalon déchiré et mon vélo plus loin, la roue pliée, et l'autre qui continuait à tourner dans le vide. Et je ne sais pas pourquoi, d'un coup je me suis vu là, je me suis vu par terre et je me suis trouvé ridicule, je venais de me prendre une bagnole à l'arrêt j'étais vraiment ridicule et pathétique, j'avais couché avec cette fille et il n'y aurait pas de deuxième fois et je me foutais dans des états pareils c'était pas possible de se foutre dans des états pareils pour ce genre de trucs, d'un coup je me suis vu si ridicule et pathétique que j'ai éclaté de rire. J'ai éclaté de rire et ça aussi, éclater de rire, c'était pathétique et ridicule alors j'ai arrêté. J'ai contemplé l'étendue des dégâts. Le phare de la bagnole que j'avais pété. Mon vélo déglingué, le sang sur mon front. J'ai vu mon survêtement déchiré et je me suis dit que les vrais ennuis, c'est maintenant qu'ils allaient commencer, à cause de mon survêtement déchiré, c'est maintenant que ça allait commencer, avec maman qui allait flipper de me voir comme ça avec le sang et mon vélo foutu et puis qui m'engueulerait pour mon survêtement déchiré parce que ça coûtait les yeux de la tête un survêtement et pourquoi je croyais donc qu'elle travaillait comme une folle. Je voyais déjà la scène, surtout que ce survêtement, pour qu'elle me l'achète, ç'avait été la croix et la bannière, d'abord elle trouvait ça vulgaire de toujours s'habiller en survêtement, elle me disait un survêtement c'est pour le sport, tu préfères pas que je t'achète un beau pantalon à pinces, tu sais un pantalon beige en tissu léger, avec un joli pull pastel et des chaussures noires, on irait à Évry 2 si je voulais, on ferait les boutiques tous les deux et puis on mangerait chez Pizza Hut, tous les deux en amoureux, hein, qu'est-ce que j'en disais. Et moi j'en disais rien, je voulais un survêtement, un Nike, j'en avais vu un au lycée, sur un type, je le trouvais vraiment bien ce survêtement, pas vulgaire du tout, très classe au contraire, je m'imaginais dedans, je me disais ouah la classe que j'aurais dans ce survêt mais maman elle voulait rien savoir au début. Et puis elle a fini par dire bon d'accord va pour un survêtement mais alors un joli, pas trop brillant, pas trop large, un qui soit correct pour aller au lycée. Elle avait pâli devant le prix, j'avais emporté la mise en lui disant que c'était une avance sur mon cadeau de Noël. Pendant une semaine elle a ressassé ça, le prix de ce survêtement alors qu'il y en avait des tout pareils au marché le dimanche matin, des tout pareils sauf les quatre lettres de la marque et vraiment qu'est-ce que ça pouvait faire ces quatre lettres cousues, vraiment elle trouvait ça ridicule de payer un truc si cher pour quatre lettres cousues, et même si je voulais elle pouvait très bien me les coudre, mes quatre lettres, et avec du fil doré encore…

Par la fenêtre de la cuisine, la petite fenêtre qui donne sur la dalle de béton et la grille, derrière laquelle elle passait des endives sous le jet d'eau, ma mère m'a vu arriver, avec le sang séché et mon survêtement déchiré, le vélo que je portais sur l'épaule et la roue déglinguée. Elle m'a ouvert la porte, elle avait son air affolé et fatigué. Elle était épuisée ma mère. Ces temps-ci elle faisait pas mal de nuits à l'hôpital et bien sûr ça la crevait.

Elle a inspecté mon visage, elle était vraiment affolée, elle demandait tout le temps mais qu'est-ce qui s'est passé, qu'est-ce qui s'est passé, j'ai dit c'est rien, j'ai dit ça d'un ton un peu sec, comme si je lui reprochais de s'inquiéter pour moi, de s'inquiéter du sang séché sur mon visage et de mon pantalon déchiré. Je suis monté dans ma chambre. Je l'ai entendue qui farfouillait dans l'armoire de la salle de bains pour dénicher de l'alcool à 90° ou du Mercurochrome. Elle a frappé à ma porte et je n'ai pas répondu. J'ai entendu ses pas dans l'escalier. Je suis resté un moment sur mon lit. Je me demandais si au final Lætitia et Caroline s'étaient connues. C'est vraiment à ça que je pensais, allongé sur mon lit, à ce moment-là.

Je me suis levé pour allumer la télé et la Play Station. J'ai mis *Fifa 2002* et foutu une branlée à l'équipe allemande. Mettre une branlée aux Allemands, je sais pas pourquoi, ça me mettait en joie. Ou alors choisir l'équipe du Sénégal et latter la France, l'Italie ou l'Espagne, enfin une de ces équipes bourrées de pognon jusqu'à en éclater. Dans mon survêtement, à manipuler la manette, je me sentais l'âme d'un justicier.

Je me suis levé, j'ai écarté le rideau et elle était là, ma mère épuisée, lessivée de torcher des vieux pour pas un rond, de planter des aiguilles dans de grosses veines violettes, elle était là, seule au milieu du jardin, sur la chaise en fer-blanc, près de la table rouillée. Elle buvait une bière. D'ici je ne pouvais pas voir son visage, juste ses cheveux et le dessin des épaules. Je suis passé à la salle de bains. Je l'ai rejointe au jardin. Lorsque j'ai posé la main sur son épaule, elle l'a tenue et l'a serrée fort.

Il faisait un peu frais et nous sommes rentrés. Ma mère est montée se coucher. J'ai pensé qu'elle devait se sentir seule. J'ai pensé à cela, je n'y pensais jamais. J'ai pensé qu'elle devait être morte au fond. Un petit peu morte. Pas complètement mais un petit peu morte, comme moi je l'étais. Morts tous les deux de la mort de papa. Je me suis dit ça, qu'on mourait chaque fois un peu, quand les autres mouraient, quand ceux qu'on aimait mouraient, comme si au final nous n'étions constitués que de ça. Des gens que l'on aime.

Juste ça qui nous fait et un noyau au milieu.
Un noyau dur et sec.
Et c'est nous ce noyau.
C'est pas grand-chose au final.
On est peu de chose, au final.

Je suis ressorti. J'ai retrouvé au fond du jardin mon vieux ballon de basket, je l'ai pris entre mes mains, soupesé, il était mou et cabossé. J'ai visé l'angle de la gouttière, j'ai lancé le ballon une centaine de fois, sans penser à rien, vers l'angle de la gouttière. Jusqu'à ne plus sentir mes bras, jusqu'à n'être plus qu'un corps fatigué.

J'ai pensé à Caroline, le balcon condamné, la tour H. J'ai pensé au surlendemain. La messe anniversaire. Je me suis demandé s'il y aurait du monde. Je veux dire, à part la famille. Je me suis demandé si Sophie serait là. Si elle aurait la force. Et Titou, Alex et Marilou. Et les autres. Je ne sais pas pourquoi je pense toujours à nous cinq en premier. Nous cinq qui l'avons vue tomber, qui étions sur le balcon, à fumer et à rire, à chantonner cette chanson, *Le vent nous portera*, et quelle ironie quand j'y pense, le vent te portera, c'était si lourd ce corps qui tombait, ce corps contre le béton et le bruit sourd et atroce que ça a fait et comme j'ai hurlé, et comme de ce cri je sens encore la crampe, la tension dans la mâchoire, l'écartèlement des chairs, les os qui craquent.

J'ai pensé à ça, cette douleur qui rampe, la mort de Caroline. Et son corps en charpie.

Caroline. Caroline en vie. Ses mains que j'ai tenues dans les miennes. Ses lèvres que j'ai embrassées et c'étaient les premières. C'était la première fois que j'embrassais une fille et papa était vivant. C'était en cinquième et je lui avais envoyé une lettre. Je lui demandais si elle voulait sortir avec moi. Elle m'a répondu par un bout de papier plié en deux. Je l'ai encore. Dessus, il y avait juste écrit: *Devant le petit port – 17 heures.* Et puis aussi, un cœur dessiné. Un cœur tracé à l'encre turquoise, un cœur bien rond, qui ne pointait pas vers le bas, ne se refermait pas vraiment.

Je l'ai encore, ce bout de papier. Il est dans mon bureau, dans une pochette spéciale. Une pochette noire. Dedans il y a aussi toutes les cartes postales qu'elle m'avait envoyées année après année. Et puis un bracelet de corde qu'elle m'avait offert quand nous sortions ensemble.

Ça n'avait pas duré longtemps. Trois semaines je crois. Elle avait rencontré ce type en Allemagne, pendant un voyage linguistique. J'avais reçu une lettre de Munich, elle disait qu'il valait mieux qu'on s'arrête là tous les deux, qu'elle aimait ce type, qu'elle allait rester là-bas, ne plus jamais revenir.

Quand elle est rentrée, je l'ai embrassée sur la joue et nous avons continué à faire ce que nous faisions avant : aller au cinéma, passer des après-midi chez l'un ou chez l'autre, regarder des vidéos, tremper les gâteaux que nous préparaient nos mères dans de grands verres de limonade. Nos mères, elles se connaissaient. Elles travaillaient ensemble à l'hôpital. Et Caroline, je l'ai connue avant le collège. Régulièrement, nos mères passaient l'après-midi ensemble, à prendre le thé dans notre jardin, ou dans le petit salon perché au septième étage de la tour H.

Je me souviens de ça, du soleil qui entrait dans le salon, de nos corps allongés côte à côte sur le tapis et les yeux qu'on fermait. Le soleil nous brûlait les paupières et tout devenait orange.

Je me souviens de ça. Nos paupières orange et les rires qu'on avait quand on sautait sur le matelas du vieux lit. On a ruiné le sommier et ma mère nous a sacrément engueulés.

Je me souviens de ça. Nos paupières orange et les billes transparentes qu'on regardait des heures à la lumière, les bulles d'air à l'intérieur, les couleurs emmêlées.

Je me souviens de ça. Nos paupières orange et le chocolat chaud, l'après-midi devant les dessins animés, l'hiver on se serrait sur le canapé, on se serrait et la vieille couverture orange la faisait toujours éternuer.

Nos paupières orange et son rire quand je la poussais sur la balançoire.

Nos paupières orange et ses cris quand j'accélérais et faisais mine de la semer, qu'elle pédalait en pleurnichant.

Nos paupières orange, sa voix pointue, son rire clair dans la joie des mercredis après-midi.

Nos paupières orange et ses lèvres fines, ses cheveux blonds presque roux, les taches de rousseur sur ses joues et son front quand le soleil lui cuisait la peau.

Nos paupières orange.

J'ai balancé mon ballon vers le fond du jardin. Les herbes hautes et les planches de bois qui formaient un genre de cabane. Y étaient entreposés les outils de papa. Le sommeil me gagnait. Avant d'aller me coucher, j'aurais aimé entrer dans la chambre de maman, lui souhaiter bonne nuit ou la border, déposer un baiser sur son front, lui dire que pour la Mob, je lui en veux pas tant que ça, que pour mon survêtement, j'étais vraiment désolé.

J'aurais voulu faire ça mais je n'ai pas osé.

Marilou

J'ai laissé ma Mobylette au bout de la digue. Le soleil était rond, la plage était lisse et brillait. On aurait dit qu'elle était couverte d'argent, d'éclats gris étincelants. C'était lisse et brillant à perte de vue et l'eau un peu boueuse, un peu huileuse, était argentée elle aussi, ça changeait du marron.

Ici la mer est marron quand il fait moche, argent quand il fait beau, jamais bleue.

On s'abrite du vent qui jamais ne tombe, on s'abrite entre les chalets, on avance avec les mains devant les yeux, parfois un grain de sable s'infiltre et vous raye l'œil comme un diamant le verre.

Je me suis avancée sur la digue. Elle s'enfonce longtemps dans la mer et au bout on croit pouvoir toucher du doigt les énormes ferries qui s'éloignent, traversent la Manche.

La mer battait fort sur le ciment. Les chalets alignés étaient blancs sous la lumière précise.

En marchant, mes mains se sont jointes. Et c'était une sorte de prière, d'avancer comme ça dans la mer, les mains jointes collées contre ma poitrine.

Une prière pour elle. Pour Caroline.

Toujours je viens ici, sur cette digue, quand je veux penser à elle. C'est comme un rituel et même les dimanches, quand au retour du cap Gris-Nez, après qu'on a surplombé la mer et le sable étale durant des heures, après qu'on a avalé le vent par rafales, on s'arrête le long de la grande plage, avec papa, Sylvie et les filles, et qu'on marche sur la digue en suçotant nos glaces, qu'on va voir les bateaux de plus près, et que les filles déchiffrent l'inscription, toujours la même, les grosses lettres marines de SEAFRANCE, même ces jours-là avec eux je marche en pensant à elle, sur cette digue, ce long ruban qui s'enfonce dans la mer.

Hier, quand j'ai vu le petit carton, la croix grise sur la droite, les mots qui étaient marqués, j'ai senti comme un vertige. Ça faisait déjà un an et je trouvais cette expression si incongrue : une messe anniversaire. Et puis aussi ça m'a émue de recevoir ça ici, que quelqu'un ait pensé à me prévenir. J'ai regardé au dos de l'enveloppe. C'étaient ses parents qui m'avaient envoyé ça. Je me suis demandé comment c'était possible pour eux d'avoir pensé à moi. D'avoir pensé à m'avertir.

Papa s'est approché. Il a lu le carton pardessus mon épaule. Il a frotté sa barbe naissante avec les doigts de sa main droite, puis il m'a dit : « Tu veux y aller ? » Il a dit ça d'une voix très douce.

Les filles sont arrivées et se sont jetées dans mes jambes. Sylvie a posé ma main sur son épaule.

«Je t'emmènerai à la gare si tu veux», a-t-elle dit.

Papa a ajouté que je pourrais en profiter pour rester un jour ou deux chez maman, qu'il me ferait un mot pour les cours. J'ai regardé autour de moi et c'était comme si je voyais ça pour la première fois, les grandes fenêtres qui donnaient sur la terre boueuse d'un jardin à venir, le carrelage crème, les murs blancs, les meubles rares, la cuisine aménagée aux meubles clairs, aux robinetteries étincelantes, les jouets partout sur le sol, sur le tapis, entre les coussins du grand canapé, sur la table basse, le tricycle de Lola dans l'entrée.

J'ai juste répondu que oui, j'irais, et je suis montée dans ma chambre. Je me suis allongée sur mon lit, un lit en pin verni. Mon regard s'est perdu dans les motifs du papier peint, un papier peint hideux que j'avais choisi moi-même. Papa m'avait envoyé des échantillons par la poste. Dans mon ancienne chambre, je les avais tous punaisés au mur pour me faire une idée. Et j'avais choisi celui-là. Ça avait étonné papa, ce choix, mais bon, c'était ma chambre, après tout.

Un mois après la mort de Caroline, j'ai changé de maison. C'était prévu depuis longtemps : à mon entrée au lycée, j'irais habiter dans le Nord chez papa.

C'était prévu.

C'était une journée particulière. Maman m'a emmenée en voiture. Une camionnette suivait, avec les meubles de ma chambre et toutes mes affaires. Il pleuvait et nous roulions phares allumés sur l'autoroute du Nord. Maman grillait des cigarettes et baissait le volume de la radio que j'augmentais presque aussitôt. Elle changeait régulièrement de station, à la recherche d'émissions d'information, d'actualités, d'interviews. J'ai fini par mettre mon Walkman. On s'est arrêtées prendre un café dans une station-service.

J'ignore pourquoi mais, lorsque je pense à ce trajet, c'est à ça que je pense : nous deux en silence, debout près des machines à café et la pluie dehors, qui cinglait les grandes vitres de la station. Les deux cigarettes qu'a grillées maman, ses manières de fantôme.

On s'est perdues aux abords de Calais, maman râlait et disait que c'était pas possible tout se ressemblait, ici. Je me souviens d'avoir pensé que chez nous, tout se ressemblait aussi, que c'étaient des alignements de pavillons identiques, des routes nationales bordées de grands cubes aux effigies de Saint-Maclou, But ou La Halle aux chaussures, des résidences pavillonnaires aux crépis unifiés, de grands immeubles en lisière… On a fini par trouver l'entrée du lotissement, on a tourné à la recherche de l'allée des Sycomores, on ne trouvait que des rues des Châtaigniers, des Peupliers, des allées du Bouleau, du Saule pleureur ou des Pins marins. Se perdre là-dedans, ça n'avait rien d'exceptionnel, les premiers temps il m'arrivait aussi de me tromper, de tourner sans fin sur ma Mobylette, de longer des mètres et des mètres de carrés de terre brune où chacun avait semé des graines de fleurs, d'arbres fruitiers et de gazon anglais. On s'est garée derrière la Laguna de papa, elle-même garée derrière la vieille AX de Sylvie. Sylvie, avant le déménagement, j'avais dû la voir quatre ou cinq fois et vraiment c'était étrange, d'arriver là et de me dire que j'allais vivre, du jour au lendemain, à temps complet auprès d'elle et de ses deux filles. Durant toute la soirée, maman la regardait avec angoisse, Sylvie. Je me disais qu'elle essayait de la sonder, qu'elle devait flipper sévère, se dire qu'elle allait la remplacer auprès de moi, qu'auprès d'elle, jour après jour, je finirais presque par oublier ma propre mère. Elle avait l'air triste, maman, durant tous ces allers-retours que nous avons faits sous la pluie, de la camionnette au pavillon, puis du rez-de-chaussée à l'étage où m'attendait ma nouvelle chambre.

Elle avait l'air triste et seule, maman, durant tout le dîner. Papa caressait la main de Sylvie, riait à toutes ses blagues, me faisait des clins d'œil, laissait les filles le décoiffer, monter sur ses genoux et le chatouiller, papa buvait sec mais avait l'air heureux. Moi je ne pouvais pas m'empêcher d'observer maman, d'essayer de comprendre comment elle vivait ça, de savoir si ça allait, si elle supportait ça, ce dîner, je me disais qu'elle allait finir par craquer ou par exploser, par partir ou fondre en larmes. Mais non, durant toute cette soirée, elle s'est forcée à sourire, a couvert Sylvie de compliments bidons, sur la bouffe, la décoration, sur ses filles, Manon et Lola.

Maman est partie au petit matin. Elle est venue m'embrasser dans mon lit. Papa n'était pas levé. J'imagine qu'elle a bu son café dans la cuisine, avec Sylvie. J'aurais aimé être une souris, pouvoir les observer à ce moment-là. Quand je me suis réveillée, quelques heures plus tard, ma vie avait changé, je veux dire s'était vraiment inversée. Ça n'a l'air de rien mais c'est énorme, j'ai changé de vie en un triste après-midi d'autoroute, une soirée joyeuse, une nuit venteuse, comme toutes celles qui allaient suivre, peuplée de souffles violents qui s'engouffrent dans la cheminée et résonnent entre ses parois, et un baiser sur le front au petit matin. Quatre temps minuscules pour un mouvement sans retour.

Les filles m'ont adoptée tout de suite, m'ont nommée leur grande sœur. Moi j'ai eu plus de mal. Il me fallait du temps. Ma vie avait changé. Et puis je n'avais jamais eu de sœur avant. Ou alors de loin Un peu abstraitement.

Et puis aussi il y avait ce vent qui soufflait sans cesse, et cette pluie cinglante qui vous griffait au visage. Il fallait que je m'habitue à tout cela.

Maintenant je suis bien. Les filles sont si mignonnes. Sylvie est gentille, on fait les courses ensemble, elle m'emmène au cinéma, elle m'achète des disques.

Papa a l'air heureux de m'avoir là, près de lui.

Et puis il y a le port, les champs qui tombent à pic dans la mer, ces étendues jaunes et vertes, les falaises comme de la craie.

Je suis restée longtemps tout au bout de la digue, sous le sémaphore. Et puis j'ai fait demi-tour. Le ciel se couvrait au loin, dans moins d'un quart d'heure il pleuvrait.

Je me suis dirigée vers la gare, mon sac à dos me cisaillait les épaules. J'ai laissé ma Mobylette contre un mur crépi de blanc. J'ai pensé que s'il pleuvait sans discontinuer, lorsque je rentrerais, la selle serait trempée comme une vieille éponge et j'aurais le cul mouillé.

Dans le hall, j'ai croisé un de mes profs, M. Debois. On l'aimait bien, ses vannes pourries nous faisaient toujours marrer, pas parce qu'elles étaient drôles, mais justement parce qu'elles ne l'étaient pas, qu'elles étaient vraiment vraiment pourries. Et puis aussi parce que ses cours, c'était un peu à part. Quand il nous parlait de bouquins, on n'avait pas l'impression que c'était un truc complètement mort et poussiéreux, vraiment à l'écouter on aurait pu croire un instant que la littérature et la vie, c'était lié ou presque. Il m'a saluée, m'a demandé si ça allait, m'a trouvé une vilaine mine. C'était réciproque. Je le trouvais blafard et presque maigre. Je me suis d'abord dit que l'enseignement c'était pas bon pour la santé, et puis je me suis reprise, je savais bien que ça n'avait rien à voir, je savais bien que vivre était difficile, pour moi comme pour les autres, pour tout le monde au final, pour tout le monde ou presque. Je n'ai rien répondu. Qu'aurais-je pu répondre ? J'allais passer quelques jours près de Paris, dans cette maison où j'avais vécu durant quinze ans. Je m'y rendais parce qu'une amie était morte, qu'on célébrait ça, l'anniversaire de sa mort, que ça me paraissait important d'être là. J'ignorais si les autres y seraient, si je n'allais pas me retrouver comme une idiote, seule étrangère au milieu de la famille, et ça m'angoissait.

À vrai dire, avec le recul, je crois que j'aurais pu lui dire tout ça, qu'il aurait compris, mais je ne l'ai pas fait. J'ai composté mon billet et j'ai disparu sur le quai, seule avec ma peur et mes questions.

Non je ne savais pas pour les autres. Je veux dire : s'ils seraient présents, s'ils viendraient. C'était difficile. Après sa mort, on n'en a pas parlé, de Caroline. On est tous restés seuls avec notre peine, on n'a rien partagé. Même l'enterrement, ça n'a pas suffi.

De l'enterrement je ne me souviens de rien ou presque. Enfin si, le cercueil au milieu de l'autel dans l'église aux vitraux abstraits, aux murs blancs peints de frais. Cette église, je la connaissais bien, je l'avais longtemps fréquentée. À dix ans, ça m'avait pris sans prévenir, je m'étais mise à croire en Dieu, je faisais des comédies pas possibles pour aller à l'église tous les dimanches matin. je récitais mes prières dans la nuit, les mains croisées et allongée sur mon lit, ma bible bien calée sous les draps. Chaque soir avant de m'endormir, j'embrassais un petit crucifix de bois.

Je me souviens aussi du prêtre, ce n'était plus le même, le mien était mort, et ce type, il parlait, on se demandait de qui, il évoquait Caroline mais bien sûr pour n'importe quelle fille de son âge il aurait débité les mêmes choses : la joie de vivre qu'elle portait en elle, et son énergie, et son sourire, enfin toutes ces conneries. Je me souviens aussi qu'il avait refusé qu'on passe la chanson, il trouvait ça de mauvais goût qu'on mette justement la chanson qui jouait au moment où. Il n'a rien compris, il aurait pu quand même. *Le vent nous portera* pour Caroline qui s'est envolée, nous on trouvait ça beau.

Et puis on a eu beau expliquer que Caro, elle était raide dingue amoureuse du chanteur de Noir Désir, qu'elle trouvait sexy avec sa boucle d'oreille et ses cheveux noirs, sa voix cassée et les paroles si justes qu'il prononçait, rien n'y a fait. Le prêtre a mis un truc de messe.

Au cimetière il faisait une chaleur à crever. C'était comme une ironie pas drôle, ce plein soleil qui brillait pour la première fois de l'année, qui cuisait nos peaux et faisait luire le marbre gris des tombes alignées. Autour de la fosse, il y avait d'abord la famille et nous derrière, et puis derrière encore le reste de la classe, les profs, et même le proviseur. Un frisson d'horreur a parcouru l'assemblée lorsqu'on a vu le cercueil descendre.

Sophie était derrière moi, je me suis retournée, je l'ai serrée du plus fort que j'ai pu, son corps entier tremblait, elle gardait les mains contre son visage, on aurait dit qu'elle se griffait, qu'elle essayait d'arracher des lambeaux de peau ou bien ses yeux.

Je me souviens de cette rose. Comme elle est tombée sur le tas de roses. Au fond de la fosse. Sur le bois vernis. Puis nous avons fait la queue, pour présenter nos condoléances aux parents de Caroline. Je tenais Sophie. Vraiment je la tenais, j'étais sûr que si je la lâchais, elle s'écroulerait. Et moi-même je n'en menais pas large. On s'est présentées toutes les deux. La mère de Caroline avait des cernes si sombres, et son visage était ravagé. Son père gardait les dents serrées, on ne lisait rien sur son visage, on aurait dit qu'il n'était pas là, on aurait dit qu'il portait un masque.

On aurait dit qu'il était mort.

On était en face d'eux, et rien ne sortait, aucun son, aucun mot, des mots, il n'y en n'avait pas, pas de mots pour ça.

Pas de mots.

Alors on les a serrés dans nos bras, l'un après l'autre, le père de Caroline tremblait, d'énormes soubresauts faisaient tressauter son grand corps massif.

Le train part dans un quart d'heure. Et dans trois heures je serai à Paris. Je n'irai pas tout de suite chez maman. S'il fait beau je me promènerai un peu. De la gare du Nord, j'irai jusqu'aux Abbesses, je prendrai un verre là-bas, en terrasse, je regarderai les gens passer, je me fondrai dans le mouvement incessant des gens qui entrent et sortent des boutiques, des cafés, qui s'apostrophent et se croisent.

Je descendrai par la rue Lepic. Dans le quartier Pigalle, je prendrai des rues un peu au hasard, il y aura des placettes en triangle et les façades blanches, les bars à putes aux lumières tamisées, aux banquettes couvertes de velours.

Je marcherai comme ça jusqu'aux Grands Boulevards, je prendrai des rues pavées, je rejoindrai les Halles. Ça me manque tellement, de ne plus marcher dans les rues de Paris, ça me manque tellement.

Ensemble on marchait, souvent on prenait le RER, on passait la journée à Paris, souvent c'étaient les mêmes, le noyau dur, ceux du balcon, Titou faisait toujours la gueule, nous faussait compagnie, se laissait décrocher pour vérifier qu'on s'apercevait de son absence soudaine. C'était toujours Alex qui se dévouait pour aller le chercher, le convaincre de rester. Caroline et Sophie nous entraînaient dans des tas de boutiques incroyables où s'entassaient des fringues immettables, où des filles se faisaient tatouer des dragons sur l'épaule, où l'on trouvait un paquet de gadgets délirants, des trucs en plastique fluorescents, bourrés de lumières clignotantes, et des plumes de toutes les couleurs.

J'ai trouvé deux places libres, près du distributeur de boissons et de confiseries. Le soleil tapait contre la vitre, mais je n'ai pas baissé le rideau, les rayons me cuisaient la peau et le train a démarré.

Longtemps, on a longé la mer. On voyait des maisons plantées dans l'eau, des arbres enfoncés à mi-tronc, des branchages que charriaient des rivières improvisées, chargées de pluies diluviennes.

J'ai sorti la tablette, allumé une cigarette. J'ai commencé à écrire. En anglais pour une fois. C'était cet hiver, je l'avais rencontré là-bas, il pleuvait sans cesse sur les maisons rouges, la nuit tombait tôt et j'aimais qu'il m'entoure de ses bras, j'aimais ses pulls en laine où je cachais mon visage, j'aimais ses mains sous mon tee-shirt, j'aimais boire de la bière dans son verre, je le regardais jouer au billard, aux fléchettes, je l'aime, je crois.

C'est ça que je lui écris. Je lui écris souviens-toi. Je lui écris n'oublie pas. Je lui parle un peu de moi, de la maison, de la mer qui nous sépare, que je longe souvent en pensant à lui. Du haut des falaises, au cap Gris-Nez, j'aperçois les côtes anglaises. C'est idiot mais je me dis que de son côté, s'il gagne les côtes, il aperçoit les falaises de craie, que le soleil rend éblouissantes.

Je lui écris cela, et aussi la mer bleue, vue d'ici, de cette voiture, de ce côté des vitres où tape le soleil. Je lui écris cela et cette ville où me mène ce train, ma mère désormais seule, dans son petit pavillon, la petite église où demain, je l'espère, nous serons réunis, mes amis du collège et moi, pour nous souvenir de Caroline. Nous souvenir tous ensemble que personne, personne ne l'oublie.

Être ensemble et penser à elle, simplement.

Après Abbeville on roule au milieu des champs de betteraves et de terres brunes et grasses. C'est laid et je m'endors. J'ai fini ma lettre, ça m'a fait du bien, cette impression que j'ai eue de lui parler, de lui chuchoter des mots à l'oreille, comme le soir sous cet Abribus, pas loin de chez lui, la pluie tombait comme un rideau, je lovais ma tête dans le creux de son épaule, il sentait bon, on chuchotait dans les crépitements de pluie, le martèlement des gouttes sur le toit de Plexiglas.

J'ai sonné et ça n'a pas répondu. Les maisons crépies s'alignaient comme avant, avec les voitures rangées devant et les jardins cachés derrière. On imaginait sans les voir les ballons crevés sous les buissons, les balançoires rouillées, les vélos rangés, un tuyau d'arrosage, les sièges en plastique, la table un peu jaunie, le barbecue sur pieds et les tulipes qui fanent en moins de deux. C'était pas difficile à imaginer: trois cents kilomètres plus au nord, c'était tout à fait identique.

J'ai posé mon sac, j'ai attendu un moment. Des types avaient le nez plongé dans le moteur de leur voiture, ils se penchaient et on voyait leur raie des fesses apparaître au-dessus du jogging tombant, des femmes discutaient sur le perron d'une maison, leurs enfants se déplaçaient en bandes, juchés sur leurs patins à roulettes, certains tombaient et se relevaient en s'époussetant les genoux où s'amassaient les croûtes jamais guéries.

Une voisine est passée et m'a saluée. On a discuté un peu, elle disait ça fait longtemps qu'on t'a pas vue, et alors tu es heureuse là-haut, il fait pas trop froid tout le temps, occupe-toi bien de ta mère, elle a l'air fatiguée ces temps-ci. Elle m'a dit eh ben alors t'es à la porte, tu veux venir à la maison boire un verre, je t'assure ça nous dérange pas. Je l'ai suivie. Sa maison était au 42, la mienne au 36.

Dans le salon, son mari regardait la télévision. Il s'est à peine retourné pour me saluer, puis a porté une cannette de bière à sa bouche, a avalé bruyamment une large gorgée. Sur l'écran, des types se marchaient dessus, se fourraient les crampons profond dans la peau et le crâne, se battaient pour un ballon ovale.

J'ai entendu craquer les marches de l'escalier. J'ai pensé que ce n'était pas pratique, pas discret, un escalier comme ça, que j'aimerais pas en avoir un comme ça à la maison, qui signalerait chacune de mes excursions la nuit au salon, où j'écoute doucement dans le noir les disques sur la chaîne aux voyants allumés, un verre à portée de main, au fond quelques centilitres de la première boisson alcoolisée que j'ai trouvée dans le garage, celle qui en la prenant tinte le moins, s'entrechoque le plus faiblement avec les autres bouteilles, à la bouche un mégot rallumé, trouvé dans le cendrier pas vidé par Sylvie qui souvent le soir reste au salon, ainsi que je le fais mais moins tard, à boire, fumer et écouter du jazz dans le noir et la fenêtre ouverte qui porte les parfums de la nuit.

Je me suis retournée. Il devait avoir dix-sept ans et ses cheveux noirs un peu longs encadraient un visage étroit que trouaient deux yeux d'un vert intense. Il s'est approché et a déposé une bise sur chacune de mes joues.

– Moi c'est Alain.

– Moi euh c'est Marie. Ou Marilou. Enfin, ça dépend.

Ce type était incroyablement beau et j'étais sûrement rouge comme une pivoine. Ma voisine m'a dit :

– Marie, je te présente mon neveu Alain, il loge chez nous cette année, et encore l'année prochaine.

– Je sortais fumer une cigarette, tu me suis ?

– Alain, laisse-la arriver, je n'ai même pas eu le temps de lui offrir quelque chose à boire.

– Mais ça va, madame, je n'ai pas soif, j'ai dit.

Je me suis demandé ce qui me prenait de parler comme ça, je devais avoir l'air d'une cruche, à rougir pour un rien et à parler vite.

On est sortis et Alain a allumé une cigarette. Il m'en a proposé une. J'ai crapoté, je me suis concentrée pour ne pas tousser. On s'est dirigés vers la forêt. Il m'a posé des tas de questions. D'où j'étais, ce que je venais faire ici, quand je repartais. Et puis aussi il a voulu que je lui parle de Caroline. Il m'a demandé ça sans manières très naturellement et ça m'a plu.

– Faudrait peut-être faire demi-tour, non ? Ta mère est sans doute arrivée.

Par endroits, dans la forêt, les arbres écartés dessinent de minuscules clairières. Sur le sol de terre et de sable mêlés, un rond plus clair se forme et on voit, si on regarde vers le ciel, s'agiter les particules et les poussières.

J'aime la couleur que fait le soleil dans les feuilles des arbres.

Lui aussi.

Maman était dans la cuisine et vidait des sacs en plastique. Je me suis approchée sans bruit, je ne voulais pas lui faire peur, juste une surprise, mais de toute façon elle m'a demandé ça va mon ange. À croire qu'elle a des yeux dans le dos, un odorat animal de maman louve.

J'ai ouvert une tablette de chocolat, au lait et noisettes entières, et maman m'a dit : Tu as vu, j'ai pensé à toi, je t'ai acheté ton chocolat préféré.

On a bu le thé au salon. Tout était propre et rangé, quasi mort. À peine un vieux numéro de *Marie-Claire* traînait-il sur le coin de la table basse.

Je n'étais plus habituée à vivre dans le silence. Ça ne serait même pas venu à l'idée de maman de mettre un disque. Du reste, la chaîne n'avait pas dû servir depuis des lustres et seule la maniaquerie de maman empêchait la collection de disques, que je lui avais pour la plupart offerts, de prendre la poussière.

Papa, lui, ne laisse jamais plus de cinq minutes entre deux disques. Quand nous vivions tous ensemble, ça insupportait maman. Sylvie, elle, ne dit jamais rien, au contraire elle traverse le salon en chantonnant, parfois esquisse un pas de danse, et les filles souvent font les folles sur la musique africaine que papa affectionne particulièrement ces temps-ci. Il aime surtout la musique mandingue et les chants traditionnels du Sahel. Moi je préfère Noir Désir ou Radiohead, mais ça va, les parents des copines écoutent Patricia Kaas ou Pascal Obispo, je vous dis pas l'horreur, je préfère largement les obscurs chanteurs maliens de papa.

– Comment va ton père ?

– Ça va.

– Et sa copine, comment s'appelle-t-elle, déjà ?

– Sylvie.

– Oui c'est ça, Sylvie, elle est gentille, tu t'entends bien avec elle ?

– Oui maman, ne t'inquiète pas, tout va très bien, Sylvie est super-gentille, on fait des tas de trucs ensemble et puis les filles sont vraiment mignonnes.

Pendant que maman préparait le repas, j'ai regardé la télé. Autour de moi, tout semblait triste et comme figé. Je n'ai pas pu m'empêcher d'imaginer maman vivant ici comme un fantôme, depuis mon départ. Ça m'a collé une boule dans la gorge, j'ai essayé de penser à autre chose, de rire aux blagues débiles d'Alain Chabat, mais quand même ça tournait dans ma cervelle cette idée, cette culpabilité, et puis je me suis rappelé ce que m'avait dit papa à ce sujet, que maman avait sa propre vie, qui ne se résumait pas à moi, à son rôle de mère, à l'amour qu'elle me portait. Papa m'avait dit ça, que les enfants ne savent jamais rien de la véritable vie de leurs parents. Et que l'inverse est exact également. Mais quand même, je me demandais à quoi ça pouvait ressembler, la vie de maman, seule ici. Il y avait le boulot, bien sûr. Et puis elle avait quelques copines, mais que je sache, maman sortait rarement et, lorsque nous vivions ensemble, personne ne venait manger à la maison, à part sa sœur, qui habitait dans le Sud et lui rendait visite deux ou trois fois par an. J'aimais ces moments, quand sa sœur était là, maman semblait revivre, elle souriait, blaguait tout le temps, c'était beau à voir, cette complicité et ce regard plus clair tout à coup, les migraines qui frappaient moins, cet air absent ou mélancolique qui la quittait.

Maman a apporté un plateau couvert de petits bols dans lesquels marinaient divers lambeaux de viande ainsi que des nouilles asiatiques. Deux bières chinoises étaient décapsulées et nous avons trinqué en faisant s'entrechoquer les verres épais des bouteilles de Tsing Tao.

Nous avons sucé nos nouilles en regardant un téléfilm sur la 6. Elles étaient parfumées au curry et au gingembre, et de temps en temps maman me regardait avec ses yeux mouillés et vibrants, elle posait en tremblant une main frêle sur mon avant-bras et disait : Je suis si contente que tu sois là. Je répondais : Moi aussi je suis contente d'être là, avec toi. Une fois j'ai ajouté : Tu me manques, maman. Et maman a regardé dans le vide, a semblé s'absenter tout à coup.

La chambre me paraît petite. Elle est toujours plus grande dans mon souvenir. Il me semble toujours qu'on pourrait se planquer dans un de ses coins, mais non, c'est un carré où tiennent un bureau de pin clair, un lit *idem*, une commode et des étagères.

J'ai ouvert le tiroir et la pochette était là, plus usée qu'il me semblait. Dedans je conservais des cartes postales, des mots, des Post-it griffonnés et les carnets de correspondance qu'en fin d'année on se faisait signer les uns aux autres. J'ai ouvert celui de quatrième, je l'ai ouvert au hasard et bien sûr je suis tombée sur cette page lue et relue, cent fois cornée, sur laquelle étaient tombées quelques larmes, si bien qu'en certains endroits le papier semble un peu gondolé mais peut-être est-ce faux. En tout cas l'écriture ronde et turquoise de Caroline la couvre entièrement. Elle me nomme Marilou, sa Marilou ou sa Margaux, elle se moque gentiment de moi, de mes manières de rougir et de m'emmêler les mots dès qu'un garçon me plaît, elle me dit qu'elle me trouve belle et qu'elle aime ma franchise.

Elle dit aussi qu'elle ne m'oubliera jamais, qu'on restera amies à vie.

À vie.

Le carnet de correspondance de troisième, elle ne l'a jamais signé et puis même, il est vierge de toute inscription, on était encore sous le choc, on a décidé de ne rien s'écrire.

Vers onze heures je suis descendue et, assise au milieu du salon, dans la pénombre que rien ne troublait, se détachait faiblement la silhouette de maman, comme recroquevillée sur elle-même. Son corps semblait secoué en douceur de hoquets lents, pareils à de grosses vagues paresseuses. Nous nous sommes serrées dans le silence nocturne. Maman disait : C'est rien je suis fatiguée, c'est rien je suis fatiguée. J'ai caressé ses cheveux.

Au bout d'un quart d'heure, elle m'a embrassé le front et m'a dit qu'elle montait. Je suis sortie. Un rayon de lune pilonnait le pommier chétif au centre du gazon. Je me suis allongée sur la vieille banquette. Il faisait doux, il y avait des étoiles. Alain est arrivé sans bruit, m'a fait un signe, et je l'ai suivi dans les rues calmes du lotissement. Dans la lumière des lampadaires son visage était plus pâle encore, comme incertain.

De la barrière en bois où l'on était assis, on pouvait voir, selon que l'on se plaçait dans un sens ou dans l'autre, les voitures au loin qui roulaient pleins phares en direction d'Évry ou bien le chemin de terre qui s'enfonçait dans la forêt incroyablement sombre et dense et profonde à cette heure. Alain parlait et, par-dessus sa voix, un cri de chouette ou le cri d'un coucou.

En rentrant, je l'ai laissé prendre ma main dans la sienne.

Devant la maison de sa tante, il m'a embrassée.

J'ai aimé me blottir dans ses bras et sa manière de passer ses doigts sur mon visage.

J'ai aimé ses lèvres et ses mains qui s'aventuraient sous mon tee-shirt. C'était doux et tendre.

J'ai frissonné lorsqu'il a effleuré mes seins,

j'ai senti que son sexe gonflait contre mon bassin, nos langues se mêlaient et ma main droite palpait la peau si fine de sa nuque.

Je n'ai pas réussi à dormir. J'ai laissé la petite lampe allumée. J'étais allongée sur les couvertures, encore habillée, et je regardais le plafond. Quelque chose me serrait la poitrine. Les choses étaient confuses. Je pensais à Will. Je pensais à Alain. Je ne me sentais pas coupable.

Seulement, déjà, nostalgique.

J'avais hâte de le revoir, j'avais hâte de poursuivre ce que nous venions d'entreprendre.

J'avais peu de temps pour cela, peu de temps avant de remonter sur Calais.

J'avais une envie irrésistible de ses lèvres sur mon ventre et dans mon cou.

Je pensais à Caroline aussi, à demain, à la messe anniversaire, à ceux qui seraient là, j'espérais au moins voir Sophie, Titou, Alex et Nico.

J'avais peur de ce qui allait se passer, j'essayais de me rassurer, de visualiser l'église et le prêtre, les mots qu'il prononcerait, le temps qu'on passerait ensuite sur le parvis à se parler dans un grand murmure et à s'étreindre.

J'avais peur de flancher, d'être submergée par la tristesse et l'émotion.

J'avais peur aussi de ne rien ressentir, de ne pas ressentir les choses au bon moment, de paraître insensible et de fondre après, une fois les autres partis, une fois seule.

J'avais peur des mots qui allaient être prononcés, j'avais peur que rien ne soit à la hauteur. Je savais que ce serait le cas. Je savais cela et aussi que ça ne comptait pas. C'est toujours pareil avec les cérémonies, ce qui compte c'est d'être ensemble. Ce que raconte le prêtre, les rituels débiles et abêtissants, rien de tout cela ne compte. Ce qui compte, ce sont les gens qui sont là, et leur chagrin, et leur mémoire, et leur deuil inguérissable.

Ce qui compte c'est Caroline.

Et Caroline, elle n'existe plus que dans nos têtes, dans nos souvenirs et dans nos larmes.

Pour le reste elle est perdue.

Nous sommes sa seule mémoire.

Nous sommes sa seule mémoire et demain…

Nous sommes sa seule mémoire et ensemble, comme on assemble les pièces d'un puzzle, demain, nous recomposerons durant quelques minutes la forme de son visage.

Alex

De : lea@laposte.net
À : alex@club-internet.fr
Objet : petits mots doux du soir

Funny boy,

Je veux te souhaiter du courage pour demain. Je veux te souhaiter d'être fort. Je sais que ce n'est pas facile. Je n'ai pas connu Caroline mais je sais ce que c'est que de perdre un être cher. Je sais ce que c'est. Et puis même, on le sait tous. On le pressent. Je sais aussi la douleur particulière de ces jours de deuil, de mémoire, d'évocation tout à coup de ce qu'on tait au fond de soi. Je sais aussi ce que la situation a de «particulier» pour toi. Je sais ce que certains ont pensé, mais je t'en prie, my funny boy, ne te laisse pas bouffer par tout ça, sois demain comme tu sais être : juste et tendre et solaire et blessé à la fois. Ce que je veux te dire aussi, c'est que je t'aime, que j'aime tout de toi et que demain, je serai auprès de toi, je penserai fort à toi. Et aussi : j'ai hâte d'être à demain soir, qu'on se fasse un ciné, qu'on traîne un peu après, que tu m'embrasses, que je puisse te serrer dans mes bras. Et puis aussi je voulais te dire ceci : veille bien sur Titou. Je sais, tu te dis : c'est fatigant, il faut que je sois fort pour deux, mais ne t'inquiète pas. Titou, tu n'as pas besoin de le tenir debout, il tient très bien tout seul, il a juste besoin que quelqu'un soit près de lui. C'est ça que tu as à faire : être dans ses parages.

Je repense à cet après-midi, c'était bon le soleil, l'herbe sèche dans mon cou, les arbres par-dessus et tes lèvres sur mes lèvres. Tes textes que j'ai lus et qui m'ont profondément touchée, remuée. Ta manière de me tenir par la hanche et d'être plus grand que moi.

T'aime et t'embrasse
Your sad sad girl

C'est la nuit. L'écran de l'ordinateur nimbe la chambre d'une lumière pâle, fantomatique. Je relis le mail de Léa. C'est fou cette manière qu'elle a de toujours m'envoyer un signe au bon moment, cette impression qu'elle me donne de toujours savoir dire les bonnes choses au bon moment, cette science exacte de la vie, de l'amour, de l'amitié. C'est fou cette manière qu'elle a de me connaître, de m'anticiper, de me tirer vers le haut, vers elle, vers la joie, vers le bonheur, vers la lumière, c'est fou comme je l'aime. Comme ma vie a changé avec elle, comme elle a tout bouleversé, renversé. Comme elle m'émeut et me touche, comme ses yeux me brûlent, comme ses sourires me flinguent, comme je me sens grand et petit à la fois auprès d'elle.

C'est la nuit et dans l'angle de la fenêtre se niche la boule blanche d'un lampadaire. Dans le salon mes parents regardent la télé. Je me demande combien ils peuvent passer de temps à ça, regarder la télé sans rien se dire, les années de vie perdues que ça doit faire, une fois mises bout à bout, toutes ces heures passées devant des téléfilms pourris, des trucs sentimentaux à deux balles, ces machins policiers aux couleurs ternes, au tempo d'éléphant, à la psychologie facile, aux intrigues paresseuses. Et moi je ne sais pas, je ne peux pas m'empêcher de me dire qu'on n'a qu'une vie et que peut-être on meurt demain. Et aussi, je repense à cette phrase, plus ample, plus forte, plus générale, que j'ai lue dans le journal de papa cet après midi. C'est un écrivain, un type qui vient d'écrire un bouquin, Olivier Rolin il s'appelle, il dit un truc du genre : « À mon avis, une société qui fonde ses valeurs sur un truc comme le "principe de précaution" court à sa perte. » Je ne sais pas si fondamentalement il a raison, ce type, mais j'aime croire que oui. J'aime me dire qu'il faut brûler sa vie par les deux bouts et que ça s'accorde mal avec des soirées entières passées en silence et côte à côte devant un téléviseur. Je sais que tout cela est un peu confus, mais je sens que quelque chose me pousse au cul, que vivre auprès de Léa, c'est une chose brûlante et infiniment vivante, que l'immobilité c'est la mort et que là, s'il n'y avait pas Léa, j'en crèverais de rester ici à rien foutre, entre le lycée et cette ville morte, le lotissement où tout semble tourner au ralenti, je sais aussi que la vie est faite de morceaux qui ne se joignent pas, que les épiphanies sont rares et aussi qu'on meurt demain. Qu'on ne vienne pas me dire qu'on a le temps, qu'on ne me dise pas ça, moi j'ai des preuves, je sais qu'on meurt demain ou ce soir, que demain c'est déjà trop tard, que demain je suis vieux, je sais parfaitement ça, j'ai vu Caroline tomber du balcon, je l'ai vue mourir et vraiment quand on voit ça, à mon avis, on n'a pas envie de passer des années entières de sa vie à regarder *Navarro* ou *L'Instit*.

Ma mère est entrée dans ma chambre, elle était en chemise de nuit et frottait mollement ses yeux endormis. Elle m'a dit : Tu ne dors pas ? J'ai répondu que non, je ne dormais pas, je n'avais pas envie. Elle a dit : Mais il faut que tu dormes, tu vas être crevé après. J'ai dit : Et alors ? Elle a eu l'air vexée et a refermé la porte. J'ai regardé l'ordinateur, les chiffres qui indiquaient l'heure, j'ai regardé les voyants verts de la radio allumée, j'ai entendu le flot ininterrompu des voix, des paroles, ces choses qui jamais ne s'arrêtent parce que la vie jamais ne s'arrête, pas plus la nuit que le jour, et j'ai pensé : mais qu'est-ce qu'ils ont tous avec la fatigue, c'est quoi cette peur générale de la fatigue, à quoi ça rime ? J'ai regardé dans les rayonnages de ma bibliothèque, il y avait ce petit livre bleu, intitulé *Vivre fatigue*. J'ai pensé : c'est ça, cette affirmation-là, cette affirmation ni déçue ni lasse, juste un constat : vivre fatigue, vivre c'est se fatiguer. Encore heureux.

J'ai pensé à la fatigue, à l'épuisement heureux dans lequel me plongeait Léa. J'ai ouvert ma boîte mail.

De : alex@club-internet.fr
À : lea@laposte.net
Objet : mon amour pour toi est une douce fatigue

Funny girl,

C'est la nuit profonde et je suis bien dans la pénombre de ma chambre, j'écoute un disque, je lis quelques poèmes, je fume une cigarette, je bois une bière et je pense à toi, à l'épuisement lumineux où tu me conduis, cet épuisement bienheureux, je pense à ta beauté et à tes yeux, je pense aux efforts que je fais pour être à la hauteur, à ta hauteur, et qui me font littéralement sortir de moi et devenir un autre, un type un peu meilleur je crois, un type un peu plus vivant, beaucoup plus vivant j'en suis sûr. J'ai peur de te perdre, funny girl, je pense à toi dans la nuit profonde et je retourne cette question dans ma tête : pourquoi moi ? Vraiment pourquoi. Et aussi : jusqu'à quand ? Jusqu'à quand seras-tu aveugle au point de me choisir encore, au point de m'aimer moi qui ne vaux rien, et qui me sens minable au milieu de ces types comme faits exprès pour l'été et le bonheur et la santé ? À présent, tandis que je rédige ce court message, c'est la voix de Chet Baker qui envahit la nuit. My funny Valentine. *Mon paquet de Gitanes est presque vide, ma bière aussi. Il est une heure cinquante et je n'ai pas sommeil. Je me demande à quoi ça sert de dormir. Et aussi, j'ai hâte. Hâte qu'on vive ensemble à Paris, cette ville qui jamais ne s'endort. Je rêve de ça avec toi, de nuits blanches à Paris, dans la fumée des cafés. Je sais qu'il faudra patienter. Je sais que nous sommes trop grands pour notre âge et que notre amour est pareil, qu'il grandit à toute allure, qu'il est à la fois neuf et ancien. Je t'aime. Et puis aussi : je t'aime.*

Sad Boy

P.-S. : Je n'ai pas vraiment « peur » de demain. Vivre avec au cœur la blessure ouverte de la mort de Caroline, cette plaie inguérissable et douloureuse, parfois violemment douloureuse, parfois sourdement douloureuse, je fais ça depuis un an. Je ne sais pas si je fais ça bien ou mal mais je le fais. Demain au moins, il y aura les autres, et pour une fois nous serons tous réunis autour d'elle, autour de sa mémoire que nous n'évoquons jamais par je ne sais quelle pudeur débile, quelle gêne mal placée.

J'ai éteint la lampe posée sur mon bureau. Mes yeux doucement se sont habitués à l'obscurité. J'ai mis la radio, me suis installé sur mon lit. Le volume était faible mais les deux enceintes étaient à distance réduite de ma cervelle. Elles m'encadraient, pour ainsi dire. Mon père me les avait installées ainsi, à hauteur de ma tête dans le sommeil, l'une vissée au mur, l'autre à la commode. Mon père avait installé ça comme ça et après il s'étonnait que toute la nuit la radio marche, que je m'endorme avec, qu'elle me berce et me console, qu'elle me contienne, m'enlace, m'enrobe, qu'elle peuple mes nuits de voix entremêlées. Parfois, mon père dans la nuit entrait dans ma chambre et éteignait la radio. Ça me rendait furieux, je détestais me réveiller dans le silence absolu, je détestais ça, je détestais être vraiment coupé du monde qui lui ne dort jamais.

Longtemps, la télécommande à la main, j'ai changé de station. J'étais plongé dans la nuit et des voix me parvenaient, me parlaient, je captais des fréquences, elles émettaient de tout le territoire, je captais des voix, des signaux, des appels, de la vie. Ça bourdonnait, ça battait, j'aimais la multitude des voix parlant sur les ondes dans la nuit. J'avais l'impression d'être perdu au milieu du désert et de capter des voix, je me sentais dans la peau d'un espion, je me sentais comme l'immense oreille du monde, l'oreille de la nuit. J'ai fini par m'endormir.

Le réveil a sonné et je l'ai envoyé valdinguer. Je me suis blotti dans les draps et des voix me parlaient. La radio était restée allumée et j'avais un peu froid. La fenêtre était entrouverte, la couette avait glissé sur le sol. Ma mère est entrée sans frapper, elle m'a dit de me lever, j'ai poussé un grognement et elle a tiré les rideaux. Le soleil est venu s'écraser contre mes paupières et j'ai dû me mettre la main devant les yeux pour supporter la lumière, m'y habituer progressivement. Ma mère a ouvert la fenêtre en grand. Ça pue là-dedans, elle a dit. T'as encore veillé jusqu'à pas d'heure, a-t-elle ajouté, avec cette chose dans la voix qui faisait de cette phrase un terrible reproche. Elle est sortie en embarquant la poubelle où s'entassaient des emballages de barres chocolatées, des paquets de biscuits, une cannette de bière et des mégots de cigarettes. J'ai mis un disque sur la platine, le dernier Beck, j'ai augmenté le volume et je me suis levé. J'ai allumé une cigarette, il m'en restait une, j'avais veillé à ça, à ce qu'il m'en reste une pour le réveil. Mon corps était lourd, j'ai regardé l'ordinateur. Il était resté allumé. Dans le coin en haut à droite, une petite enveloppe clignotait. J'ai senti mon cœur battre comme à chaque fois, comme une accélération soudaine du sang dans les veines. J'ai cliqué sur «lire vos nouveaux courriers».

De: lea@laposte.net
À: alex@club-internet.fr
Objet: j'ai pas sommeil

Tu te souviens, J'ai pas sommeil, *ce film incroyable, on l'a regardé à la télé, un soir tous les trois, chez Titou. Ça passait un peu tard sur Arte, on était dans le salon, on regardait ça, ce film magnifique et cette manière incroyable que la réalisatrice a de filmer la ville. On regardait ça et on était émerveillés, on se disait ça tous les trois, que cette fille elle avait cette grâce, que personne comme elle ne savait filmer la ville avec cette justesse-là. Du reste, on se disait ça, on n'en savait rien, on n'a pas vu tous les films, il y en a tant qu'on n'a pas vus. On n'a pas dormi de la nuit, cette nuit-là. Cette nuit-là, elle fut blanche et je me souviens, nous sommes descendus très tôt à la gare, avant le lever du jour, nous avons pris le RER C jusqu'à la station Saint-Michel et nous avons regardé le jour se lever assis tous les trois dans un de ces renfoncements en arc de cercle qu'offre le Pont-Neuf. Évidemment, ça nous faisait penser à d'autres films, ceux de Carax, qu'on aimait tant tous les trois.*

J'ai pas sommeil. Il est quatre heures du matin. C'est mon heure habituelle. Je m'endors le soir et toujours je me réveille vers quatre heures et là, impossible de me rendormir, pas avant sept heures au moins. Alors je lis, j'écoute de la musique, parfois je descends au salon regarder la télé, je rêve les yeux ouverts, je pense à toi, je t'écris. Je t'écris et je pense à toi. Après tout, ça devrait suffire de te dire ça. Après tout, les mails, les textos, les petits mots, les cartes postales, ça dit juste ça : je t'écris et je pense à toi. Enfin quand même, j'ai aussi des choses précises à te dire. Ou plutôt une seule chose, que je t'ai déjà dite, que je t'ai répétée, et que je te répète aujourd'hui, en ce jour « spécial » : tu n'as pas à t'en vouloir de ne pas l'avoir aimée comme elle le souhaitait. On ne peut pas vivre avec ça, le remords de la peine qu'on a faite aux gens en ne les aimant pas d'amour. Tu sais à qui je pense en te disant ça. Je ne vais pas vivre en me reprochant d'avoir rendu Titou malheureux. Car ce n'est pas moi qui l'ai rendu malheureux. Ça ne marche pas comme ça. Titou, je l'aime comme un frère, et toi, je t'aime tout court. C'est tout. Et aussi : tu aimais Caroline comme une amie, comme une petite sœur, tu l'aimais infiniment je le sais, et elle t'aimait d'amour et ça vraiment tu n'y pouvais rien.

Your sad funny girl

Je suis resté longtemps dans la salle de bains, debout devant le lavabo et le miroir. Il y avait ce sourire très doux qui gagnait mon visage, ce sourire qui vient du plus profond de moi, de cet endroit lumineux où se niche Léa. J'ai pensé à elle avec ce sourire doux et profond, à ces mots qu'elle m'avait envoyés, au bien qu'ils me faisaient, à leur nécessité. J'ai pensé à elle et à sa manière de me dire ce que j'ai besoin d'entendre sans même que je le lui demande, cette manière de scruter mon âme, de lire en moi, de savoir ce qui me taraude sans que j'aie à en parler. J'ai pensé que Léa était pour moi ce que l'on nomme, sans trop penser à ce que cela signifie vraiment, une «âme sœur».

La douche m'a fait du bien, j'ai levé la tête vers le pommeau, fait passer de l'eau longuement sur mon visage et mes yeux fermés, ma bouche ouverte. C'était bon, la manière que ça avait de masser le visage et de rendre sensible et dense chaque millimètre de peau. J'ai entendu les coups contre la porte. C'était ma sœur. Elle voulait que je sorte, elle aussi venait de se lever et voulait se doucher. Elle était pressée, elle avait son entraînement de GRS. J'ai pris mon temps histoire de l'énerver un peu. Elle n'a pas osé insister. Elle savait parfaitement que pour moi c'était un jour spécial.

Elle le savait parfaitement. La nuit où Caroline s'est tuée en tombant du balcon, cette fameuse nuit, quand tout a été fini, avec Titou, on est rentrés à pied. On a quitté la cité, la nationale était un long ruban lumineux, rouge et jaune sous les lampadaires faiblement allumés. J'ai raccompagné Titou jusque devant chez lui. Il m'a proposé de rester dormir. J'ai refusé mais nous sommes restés dans le jardin. J'ai allumé une cigarette, on se l'est partagée en silence. Quand je suis arrivé à la maison, les parents dormaient. Je suis monté à l'étage et, sous la porte de la chambre de ma sœur, j'ai vu un filet de lumière. J'ai gratté contre le bois et j'ai entendu sa voix. Elle m'a dit entre. Elle était dans son lit, sa lampe de chevet allumée, et venait de poser sur le sol le livre qu'elle lisait. Dans le coin de la chambre, la radio jouait faiblement. Je me suis assis au pied du lit. Elle a bien vu que quelque chose n'allait pas. Elle m'a dit : Alex, qu'est-ce qui t'arrive, qu'est-ce que t'as ? J'ai tout raconté d'une traite et ma voix déraillait dans tous les sens, je n'arrivais pas à la contenir, l'angoisse faisait dans ma gorge comme une boule qui obstruait tout, étranglait, serrait. J'ai tout déballé et ma sœur, elle avait les larmes aux yeux, ça brillait dans la nuit, c'était liquide et tremblant. Je revois très bien tout ça, la lumière tamisée qui régnait dans la chambre cette nuit-là, les voyants verts et l'écran lumineux de la chaîne hi-fi, ma petite sœur adossée au mur, ses yeux gonflés par la fatigue et les larmes. Je revois tout de cette nuit où je n'ai pas dormi. Cette nuit-là, je me suis glissé sous les draps de ma sœur et elle s'est endormie dans mes bras. Je reniflais dans ses cheveux.

Je n'ai rien mangé. Maman avait préparé une corbeille remplie de morceaux de pain. Elle avait pressé une orange. Tous les matins, elle me prépare ça, elle dispose tout ça sur la table impeccable et tous les matins elle me dit : Et alors, tu ne manges rien ? Et moi je réponds : Non maman, je ne mange rien, tu sais bien que je ne mange jamais rien le matin. J'ai allumé le poste de radio. Je ne me suis pas assis. J'ai essayé d'avaler quelques gorgées de café mais ça ne passait pas.

J'ai pris ma veste sur la rampe de l'escalier et je suis sorti. Papa était dans le jardin, il vaporisait du produit sur les rosiers. Il m'a fait un signe, a paru chercher quelque chose à me dire, n'a sûrement pas trouvé. Ça ne changeait pas beaucoup des autres jours. Il passe son temps à avoir l'air de réfléchir à une chose qu'il pourrait avoir à me dire et ça ne sort jamais. J'imagine qu'au final mon père n'a rien à me dire et que c'est aussi bien comme ça. C'est ça la famille. Des gens qui vivent ensemble sans rien avoir à se dire, qui s'aiment sans raison. C'est ça la famille : une petite meute animale.

À la sortie du lotissement, j'ai croisé maman qui revenait des commissions. Elle a baissé la vitre de sa voiture.

– Tu y vas comme ça ?

– Ben oui, j'y vais comme ça.

J'ai bien senti qu'elle aurait voulu me faire la leçon, me dire qu'on n'allait pas à l'église en jean et en tee-shirt, surtout pour une messe anniversaire… mais elle s'est retenue. Pour une fois qu'elle se retient. Ça se fête. Ça se fêterait si ça ne tombait pas aujourd'hui.

C'était un soleil cru et le bitume semblait recouvert de sable, une fine pellicule de poussière blanche accentuait la pâleur des rues. Une voiture d'auto-école s'évertuait à s'insérer entre deux arbres. Entièrement vêtu aux couleurs de son équipe favorite, le père de Chloé, une copine du lycée, enfourchait un vélo flambant neuf. J'ai pris la première à droite, les trottoirs n'étaient plus gris mais bordeaux, où se plantaient des arbres fleuris de pétales roses.

Le grillage était troué par endroits. Deux colonnes de béton laissé brut encadraient une porte en bois. La sonnette était un bouton mal fixé qui fonctionnait une fois sur deux. Je n'ai pas eu besoin de l'activer. Titou me guettait à la fenêtre. Il m'a fait signe qu'il arrivait. Nous nous sommes serré la main et nous avons marché en silence. Nous avons pris une rue sans ombre et le soleil se reflétait sur les carrosseries sales des voitures garées. De temps en temps, Titou laissait échapper un soupir profond.

Des gens circulaient sur le parvis de l'église. Ils se rendaient à la pharmacie ou chez le fleuriste, finissaient leurs commissions les bras chargés de fruits, de viande et de baguettes de pain. Certains s'attardaient devant le cinéma où l'on passait invariablement les films à grand spectacle du moment. Ils notaient les horaires sur des papiers d'emballage roses à l'extérieur et blancs à l'intérieur. J'ai allumé une cigarette. Titou grimaçait en se tenant le ventre. J'ai regardé l'heure. Dix heures moins le quart. Les parents devaient déjà être à l'intérieur, ainsi que la famille.

Titou m'a touché l'épaule. Je me suis retourné. Nico arrivait. Le bus venait de le déposer. Je l'ai vu dans la lumière éblouissante retirer ses écouteurs, passer sa main dans ses cheveux. Il nous a vus, nous a fait signe. Son survêtement gris flambant neuf brillait sous le soleil. On se voyait moins ces temps-ci, lui et moi, mais j'aimais bien sa présence, ses manières de déconneur au grand cœur, ses grands rires en façade. Il a traversé en nous fixant, sans faire attention aux voitures. Une Twingo a pilé, s'est arrêtée à quelques centimètres de lui, à quelques centimètres à peine. Le conducteur a gueulé quelque chose. Nico lui a répondu par un grand sourire frondeur, toutes dents dehors, puis il nous a rejoints

Faut vivre dangereusement, m'a-t-il dit en guise de bonjour

– Qu'est-ce que t'as fait de ton fidèle destrier ? je lui ai demandé.

– Il s'est péte les pattes avant.

– Et ça, c'est quoi, les Indiens t'ont attaqué ?

– Oh ça c'est rien, j'ai voulu saluer mon copain le bitume d'un peu plus près.

– Et ta femme de taulard, alors, ça avance ?

– Sujet tabou. Secret défense.

Sur le trottoir d'en face, je n'étais pas sûr, mais j'ai cru reconnaître Marilou. Ça faisait des plombes que je ne l'avais pas vue. Elle vivait à Calais, désormais. Elle avait minci et je la trouvais plutôt jolie. Jamais je n'avais pensé qu'elle pouvait être jolie. Quand elle a été tout près de moi, qu'elle m'a tendu sa joue pour que j'y colle mes lèvres, j'ai compris qu'elle avait changé. Quelque chose en elle s'était affirmé. Peut-être aussi la regardais-je autrement. Sans doute la distance nous fait-elle voir les autres différemment. Elle est tombée dans les bras de Titou. Ils s'étaient toujours bien entendus, tous les deux.

Nico a demandé s'il fallait y aller. J'ai regardé l'heure. J'ai jeté un œil vers le bout de la nationale, vérifié que Sophie n'était pas en vue. Il était impensable qu'elle ne vienne pas. Titou m'a fait signe qu'il fallait y aller. J'ai senti ma gorge se serrer. J'ai pensé que peut-être Sophie avait renoncé, que c'était trop dur pour elle, ou alors qu'elle était malade. J'ai pensé aussi que sans doute, d'entre nous tous, c'était celle qui s'était le moins bien relevée de tout ça. Celle aussi qui était la plus proche de Caroline. Elle n'avait sans doute pas besoin d'une messe anniversaire pour penser à elle. Moi non plus, d'ailleurs. Et aucun d'entre nous, au final.

Titou et Nico ont monté les marches. Marilou semblait perdue, j'ai pris sa main et nous avons poussé ensemble la lourde porte.

Sophie était assise au troisième rang, juste derrière la famille. La famille plus ou moins proche. Plus ou moins. On ne s'imagine pas les gens qui se pointeront à notre enterrement quand on pense à notre mort. Quand on pense à notre mort, on pense à nos parents, nos quelques amis, nos amours débutantes, on pense même à notre prof de guitare ou de théâtre, voire de français au lycée, mais la famille, celle qu'on ne voit jamais, celle qui serait incapable de dire sur nous quoi que ce soit, celle-là vraiment on s'en fout. Ces oncles et tantes qui se pointent aux premiers rangs dans les mariages de neveux qu'ils ignorent le reste du temps, qui occupent les bancs près de l'autel durant les enterrements, qui se pointent à la maternité lors des accouchements de cousines dont ils peinent à se rappeler le lieu d'habitation même si c'est Paris, le boulot même si c'est avocate ou médecin ou banquière, le prénom, même. Ceux-là vraiment on s'en fout. Vous allez me dire que de toute façon on se fout de tout ça quand on est mort, puisqu'on est mort. Vous allez me dire ça et vous aurez raison.

On s'est assis au fond, tous les quatre. Ça sentait le bois et la poussière, l'encens aussi. C'était bizarre, ce bâtiment moderne qui sentait la vieille église ; à croire qu'on avait tout aspergé de parfum de synthèse, ambiance « authentique petite église du XVIe siècle ». La musique a retenti et c'était le son aigre d'un orgue pourri. Le type faisait des tas de fausses notes. Personne ne lui en tenait rigueur. Il pouvait bien jouer n'importe quoi, on s'en foutait, on n'était pas là pour ça, on ne savait pas pourquoi on était là, si ce n'est qu'on avait tous au fond du crâne le nom de Caroline qui tournait en boucle. Son nom seulement, parce que son visage, ça faisait longtemps déjà qu'on n'était plus capable de se le figurer, et sa voix pareil. Sa voix, on n'arrivait plus à la reconstituer, à l'entendre circuler à l'intérieur du crâne, entre nos deux oreilles.

De Caroline, il restait des photos, des souvenirs de rien. Mais ce qui restait gravé, c'était le sentiment, l'os du sentiment que chacun éprouvait pour elle. Une chose indéfinissable et abstraite. Une sensation où s'emmêlent la douceur, un rire, quelques mots indéchiffrables, la sensation de sa main sur la joue ou au creux de la nôtre, la caresse de ses yeux qui se posaient sur nous. Ce qui reste gravé, c'est le lien. Une chose physique.

La musique s'est arrêtée, le prêtre a prononcé quelques mots puis nous a demandé de nous lever. Les premiers rangs disaient à voix basse une prière. Titou est resté assis. Marilou tremblait. Nico regardait ses pieds, les mains croisées, se dandinant d'un pied sur l'autre, comme un enfant en colère. À la fin de la prière dont je n'ai pas compris un traître mot, ils ont tous dit amen, en chœur, bien fort. Nous nous sommes rassis sur les bancs étroits. Le silence était palpable. Mon regard allait et venait, détaillait les immondes vitraux, fixait la lueur un peu chaude des cierges allumés. Le prêtre a toussoté et ça a vraiment commencé.

Nous sommes réunis ce jour pour évoquer ensemble la mémoire de Caroline, disparue il y a un an, pour ensemble nous recueillir...

J'aurais aimé pouvoir dire que son discours était un tissu de généralités inconsistantes, de phrases bateau, d'allusions intolérables à Dieu, à cette idée pourrie de justice divine, à des trucs ringards comme le paradis et la paix éternelle... J'aurais bêtement voulu être en colère contre ce type en noir et les mots qu'il prononçait mais non. Les mots qu'il prononçait étaient beaux et justes et vraiment, vraiment, un instant, un fugace instant, ces mots avaient un pouvoir consolateur. Titou et moi, nous nous sommes regardés et tous les deux nous pensions la même chose. Nous nous disions, étonnés, que quelque chose était en train de se passer. Quelque chose comme une communion, quelque chose comme un repos, un recueillement. Le prêtre parlait de Caroline, on aurait dit qu'il l'avait bien connue. Le prêtre, c'était pas celui de l'enterrement. C'était un black bien en chair, à la voix profonde et au regard amical. On aurait aimé lui parler seul à seul, se confier à lui, pleurer longuement devant lui, tandis qu'il se contenterait de nous fixer en silence, de son regard bienveillant et doux. Il parlait de Caroline et c'était bon, que quelqu'un parle d'elle ainsi, avec cette paix dans la voix, cette douceur triste, que quelqu'un prononce son nom à haute voix et que ça résonne, que ça emplisse l'air et se propage.

Un grand bruit de chaise a résonné dans l'église. Le prêtre s'est interrompu. Tout le monde fixait Sophie. Elle était debout et livide. On l'a regardée sortir, se hâter vers le dehors, comme manquant d'air. Titou s'est levé et lui a emboîté le pas.

Le prêtre a toussoté, replacé ses lunettes sur son nez, et il s'est remis à parler.

Un peu plus tard, durant la cérémonie, je me suis retourné et tout au fond, assis côte à côte, j'ai vu Sophie et Titou. J'étais content de les voir là, qu'ils soient revenus, qu'ils n'aient pas brisé le cercle.

Le parvis était noyé de soleil. Ç'aurait pu être une sortie de mariage, avec le crépitement des appareils photo, le riz et les pétales qui volent. Mais ce n'était pas ça, c'étaient des gens qui sortaient d'une messe anniversaire, des gens tête baissée qui avaient en commun d'avoir perdu Caroline, quinze ans, il y a un an exactement. Tombée d'un balcon. Devant les yeux de cinq d'entre nous. Alors bien sûr les visages étaient marqués.

J'avais pleuré un peu, n'avais pu m'en empêcher, au moment où les parents de Caroline avaient pris la parole. La mère de Caroline avait dit qu'elle était tout le temps partagée entre l'envie d'en parler et celle de se taire, l'envie de partager et celle de tout garder pour elle, elle a avoué qu'elle ne comprenait pas bien le sens de son propre geste, faire dire cette messe anniversaire, elle qui n'était pas croyante, se méfiait des églises et des prêtres, de leur parole prête à l'emploi, et puis elle a ajouté qu'en définitive, ce qu'elle souhaitait, c'était qu'on parle et qu'on parle encore de Caroline, qu'on prononce son nom, qu'on essaie de se souvenir des traits de son visage, de la douceur de sa voix, de son rire, de ses larmes, de tout ça

Titou et Sophie étaient sortis les premiers. Ils fumaient, assis sur les marches, face à la pharmacie. Ils nous tournaient le dos, mais dans la vitrine ils se reflétaient et j'ai vu qu'ils parlaient. Au bout de quelques secondes, ils se sont retournés et Sophie sans un mot nous a embrassés, Nico, Marilou et moi. Elle était maigre et comme sur le point de se briser en mille morceaux. Je la voyais presque tous les jours au lycée et jamais je n'avais remarqué à quel point elle avait maigri, et aussi combien étaient sombres les cernes sous ses yeux. Vraiment, dans ses vêtements noirs, elle avait l'air d'un moineau. En la regardant, là, je m'en suis voulu de m'être éloigné d'elle.

La famille de Caroline est partie et nous sommes restés là. Alignés sur les marches, face à la pharmacie. Sophie a dit que c'était bien qu'on soit tous là, que sûrement c'était ce que Caroline aurait souhaité. Marilou lui a donné la main et Nico l'a imitée. Titou a pris celle de Marilou, moi je me suis placé entre elle et Nico. Nous formions un cercle, une communauté, plantés là sur les marches de l'église, près de la pharmacie, en face d'une bijouterie et d'un fleuriste. On est restés un moment comme ça et c'était une immense prière pour Caroline, une prière muette et collective. Puis nous nous sommes assis et c'est Nico qui a commencé.

– Moi, Caroline, je l'ai connue bien avant le collège. Nos mères travaillaient ensemble, à l'hôpital de Juvisy…

Tout le monde a parlé et c'était bon, de parler comme ça, ensemble, de Caroline.

Un peu plus tard, on s'est levés d'un même mouvement et, sans se consulter, sans même prononcer un mot, on s'est dirigés d'un pas rapide vers le Quick, situé à trois cents mètres de là, le long de la nationale, et où nous mangions tous ensemble. Tous les six. Tous les samedis. Avant.